CUENTOS DE HADAS FUTURISTAS

STONE ARCH BOOKS
a capstone imprint

PRESENTAMOS A...

JUGADOR 1:

GRUFF PEQUEÑO
EL CHIVITO NINJA

ESTADÍSTICAS:
NIVEL: 10
INTELIGENCIA: 2
FUERZA: 1
AGILIDAD: 5
SUERTE: 2

FORTALEZAS:
Pezuñas rápidas y competitivo

DEBILIDADES:
Objetos brillantes, prestar atención

JUGADOR 2:

GRUFF MEDIANO
EL CHIVITO MAGO

ESTADÍSTICAS:
NIVEL: 11
INTELIGENCIA: 6
FUERZA: 1
AGILIDAD: 2
SUERTE: 2

FORTALEZAS:
Inteligente y observador

DEBILIDADES:
Mandón

JUGADOR 3:

GRUFF GRANDE
EL CHIVITO GUERRERO

ESTADÍSTICAS:
NIVEL: 12
INTELIGENCIA: 1
FUERZA: 6
AGILIDAD: 3
SUERTE: 2

FORTALEZAS:
Decidido

DEBILIDADES:
Terco

JEFE MÁXIMO

ESTADÍSTICAS:
NIVEL: 💀
INTELIGENCIA: ¿?
FUERZA: 99
AGILIDAD: ¿?
SUERTE: ¿?

FORTALEZAS:
Fuerza

DEBILIDADES:
¿?

en...

Cuentos de hadas futuristas
Publicado por Stone Arch Books
una marca de Capstone,
1710 Roe Crest Drive, North Mankato, Minnesota 56003
www.capstonepub.com

Los datos de CIP (Catalogación previa a la publicación, CIP)
de la Biblioteca del Congreso se encuentran disponibles
en el sitio web de la Biblioteca.
ISBN: 978-1-4965-9815-8 (hardcover)
ISBN: 978-1-4965-9819-6 (ebook pdf)

Resumen: Tres chivitos de apellido Gruff van hacia una colina en busca
de pasto fresco y, de repente, ¡quedan atrapados en un videojuego!
Los tres hermanos se convierten en un guerrero, un ninja y un mago.
Pero la colina ha desaparecido y, en su lugar, se levanta un castillo
con una mazmorra llena de bichos y extraños enemigos.
¿Qué aventuras les aguardan?

Tipografía: Jaymes Reed
Diseñador: Bob Lentz
Editor: Sean Tulien
Jefe de edición: Donald Lemke
Directora creativa: Heather Kindseth
Director editorial: Michael Dahl
Editora: Ashley C. Andersen Zantop
Translated into the Spanish language by Aparicio Publishing

Printed and bound in the USA.
PA117

CUENTOS DE HADAS FUTURISTAS

LOS SUPERCHIVITOS GRUFF

UNA NOVELA GRÁFICA

POR SEAN TULIEN

ILUSTRADO POR FERNANDO CANO

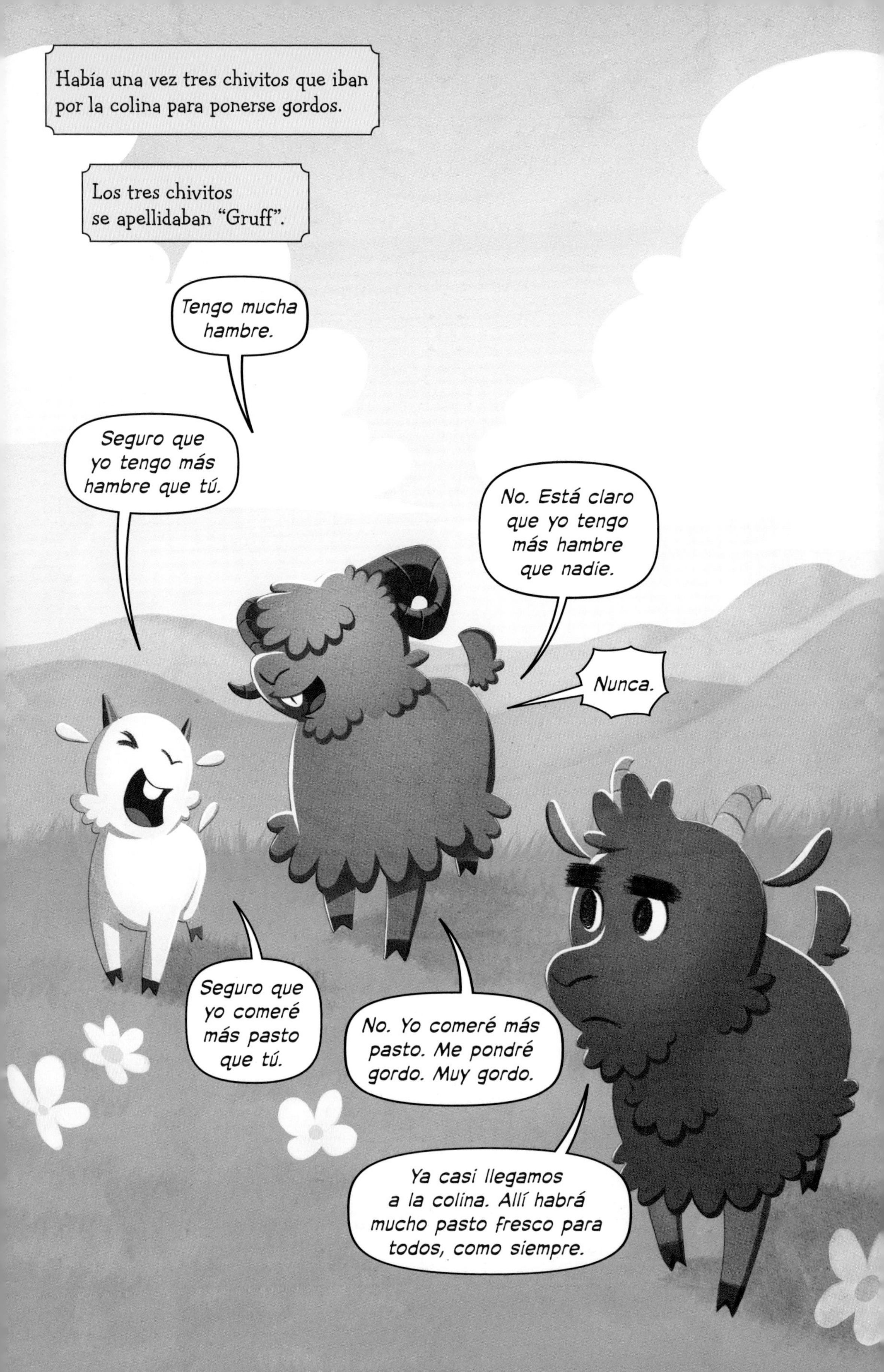
Había una vez tres chivitos que iban por la colina para ponerse gordos.
Los tres chivitos se apellidaban “Gruff”.
Tengo mucha hambre.
Seguro que yo tengo más hambre que tú.
No. Está claro que yo tengo más hambre que nadie.
Nunca.
Seguro que yo comeré más pasto que tú.
No. Yo comeré más pasto. Me pondré gordo. Muy gordo.
Ya casi llegamos a la colina. Allí habrá mucho pasto fresco para todos, como siempre.

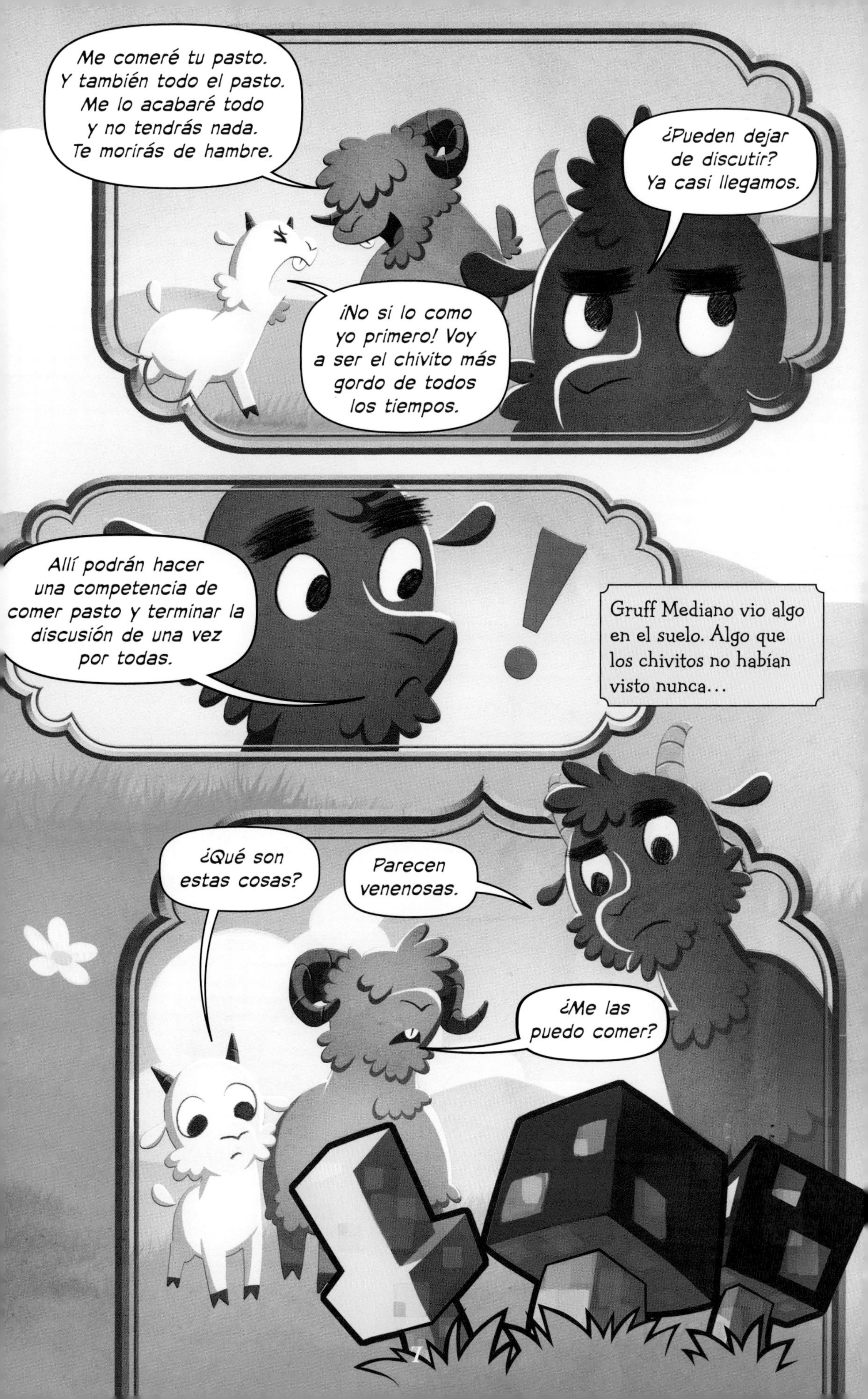
Me comeré tu pasto. Y también todo el pasto. Me lo acabaré todo y no tendrás nada. Te morirás de hambre.
¿Pueden dejar de discutir? Ya casi llegamos.
¡No si lo como yo primero! Voy a ser el chivito más gordo de todos los tiempos.
Allí podrán hacer una competencia de comer pasto y terminar la discusión de una vez por todas.
Gruff Mediano vio algo en el suelo. Algo que los chivitos no habían visto nunca…
¿Qué son estas cosas?
Parecen venenosas.
¿Me las puedo comer?

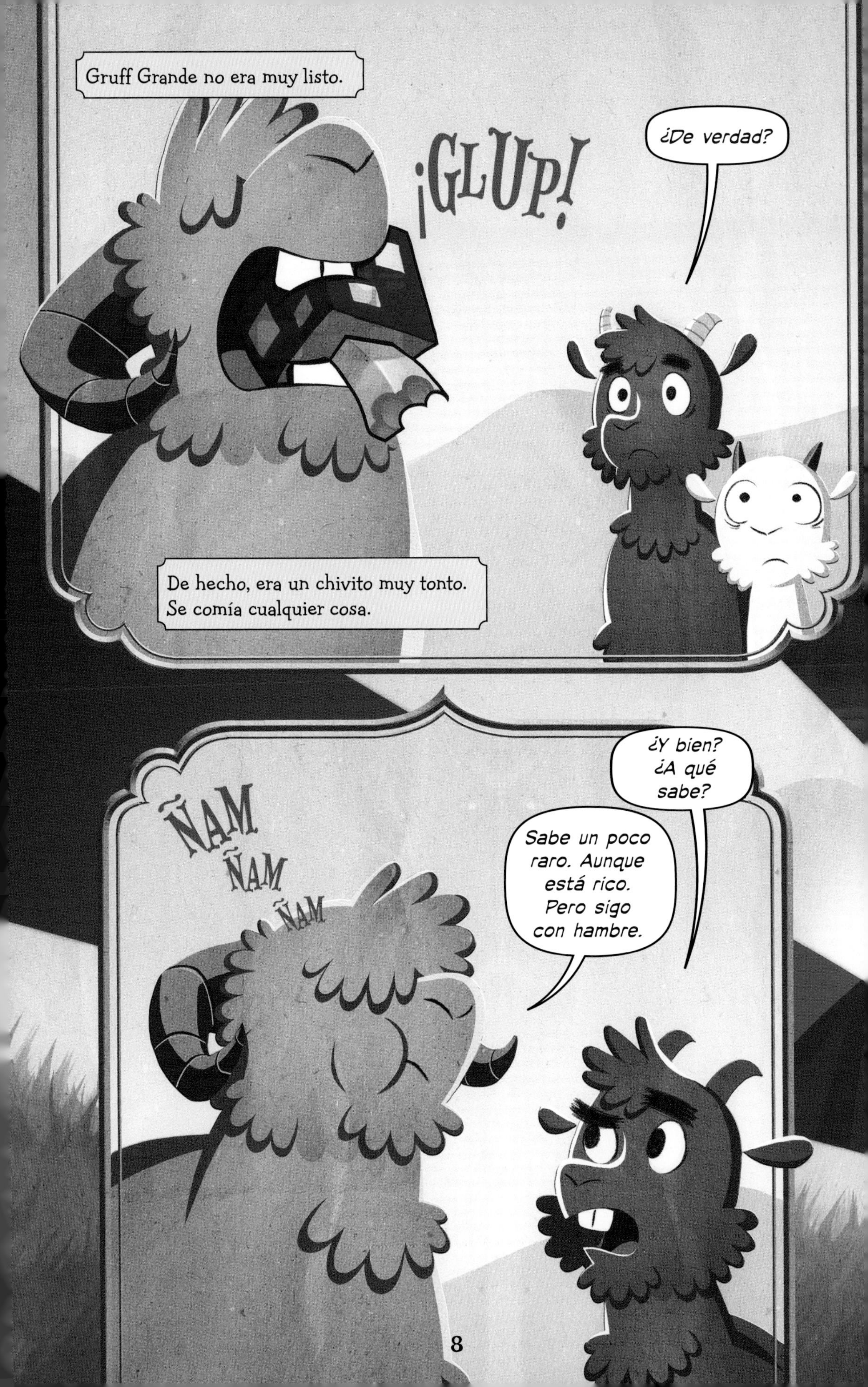
Gruff Grande no era muy listo.
¡GLUP!
¿De verdad?
De hecho, era un chivito muy tonto. Se comía cualquier cosa.
ÑAM ÑAM ÑAM
¿Y bien? ¿A qué sabe?
Sabe un poco raro. Aunque está rico. Pero sigo con hambre.

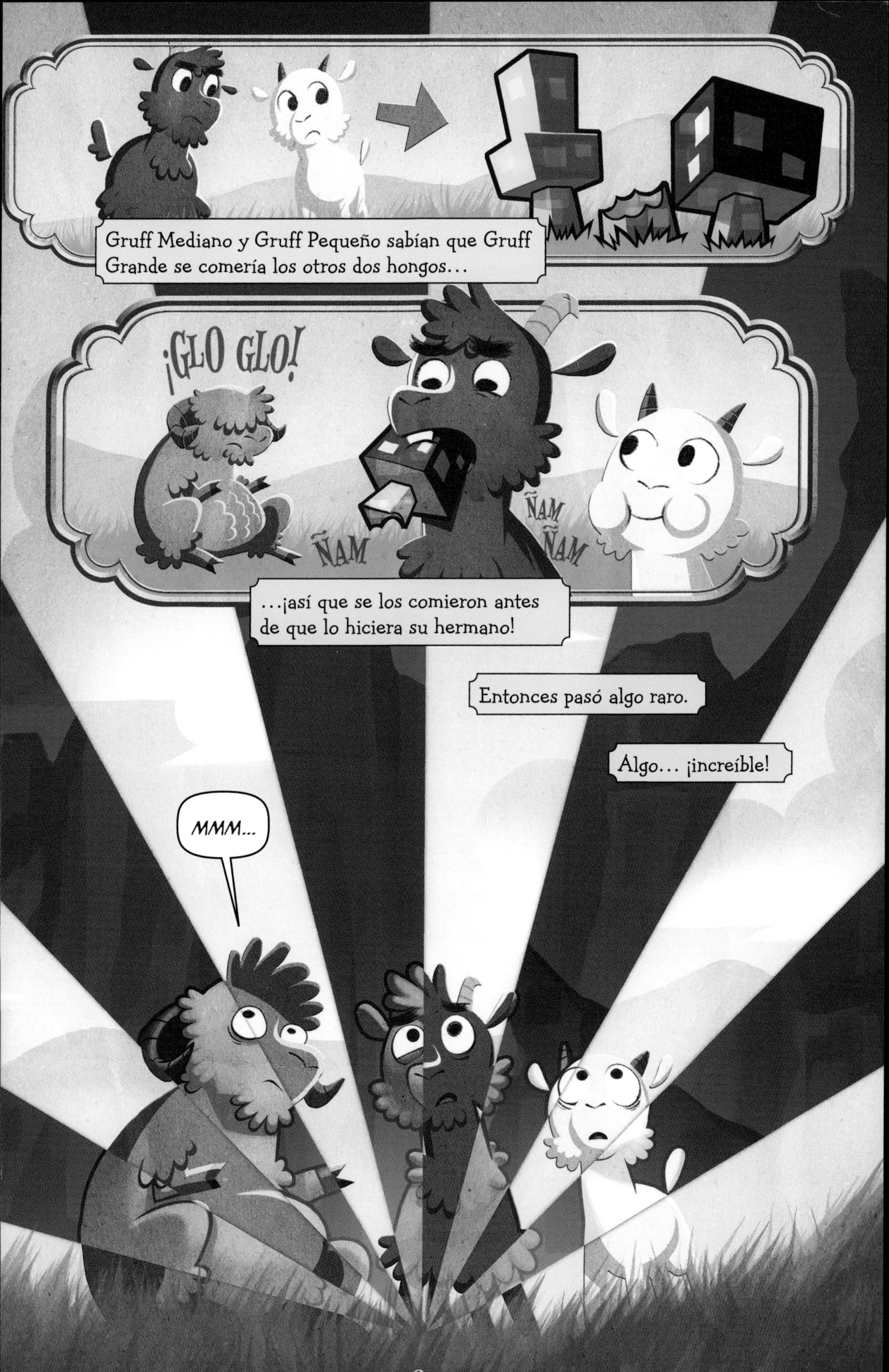

Gruff Mediano y Gruff Pequeño sabían que Gruff Grande se comería los otros dos hongos...
¡GLO GLO!
ÑAM
ÑAM
ÑAM
...¡así que se los comieron antes de que lo hiciera su hermano!
Entonces pasó algo raro.
Algo... ¡increíble!
MMM...

¡LOS SÚPERCHIVITOS GRUFF!

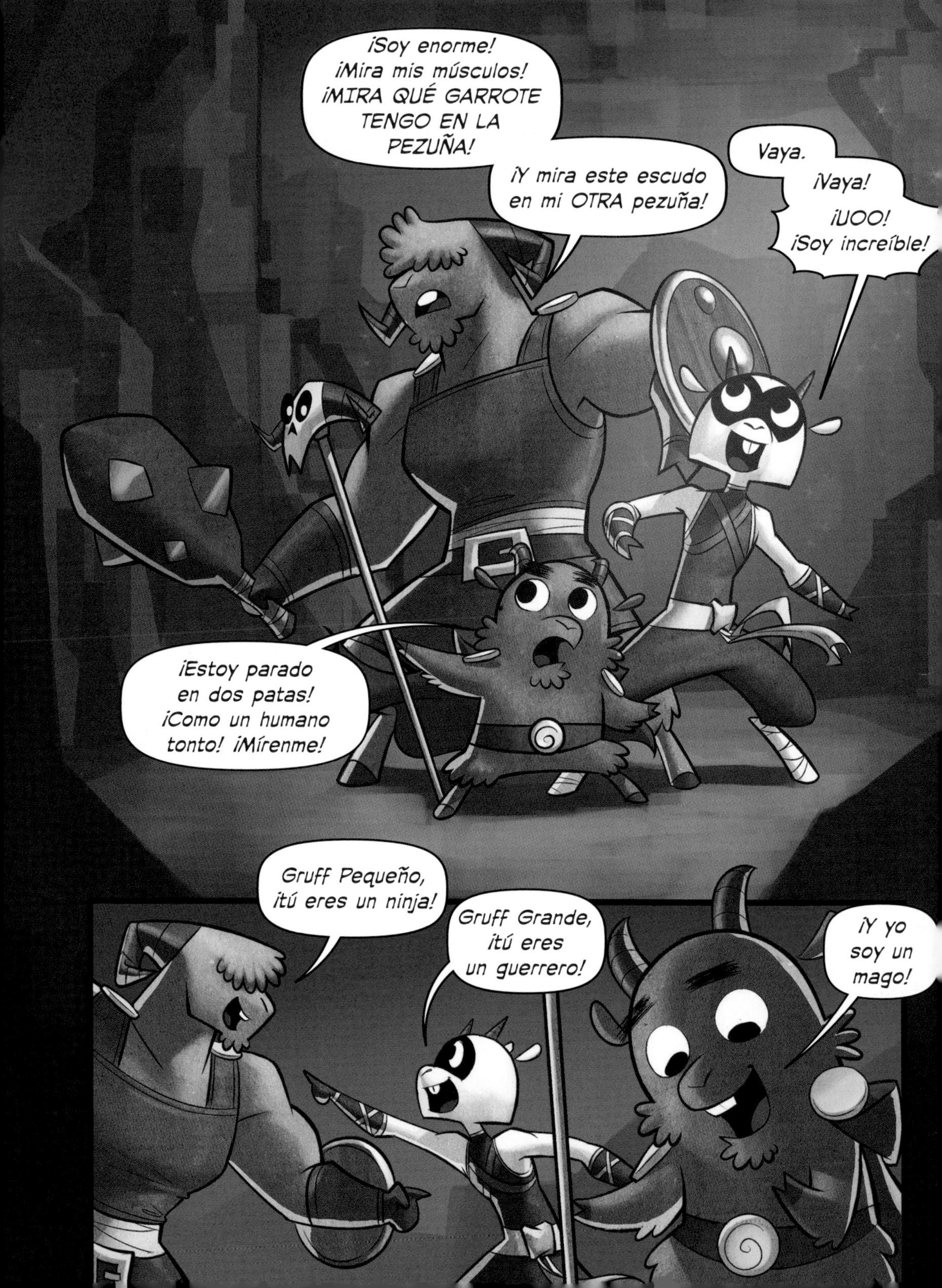

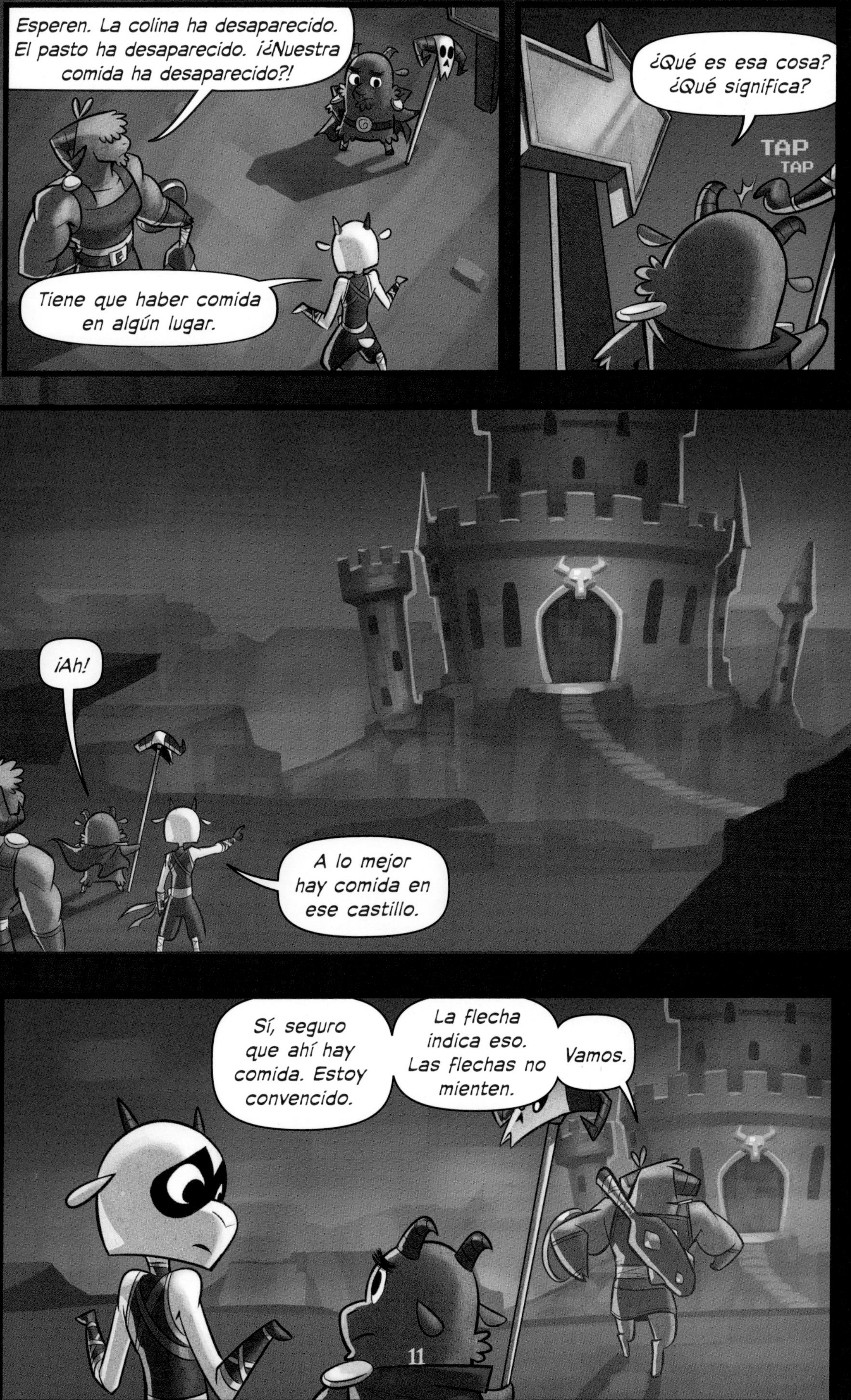
Esperen. La colina ha desaparecido. El pasto ha desaparecido. ¡¿Nuestra comida ha desaparecido?!
Tiene que haber comida en algún lugar.
¿Qué es esa cosa? ¿Qué significa?
TAP
TAP
¡Ah!
A lo mejor hay comida en ese castillo.
Sí, seguro que ahí hay comida. Estoy convencido.
La flecha indica eso. Las flechas no mienten.
Vamos.

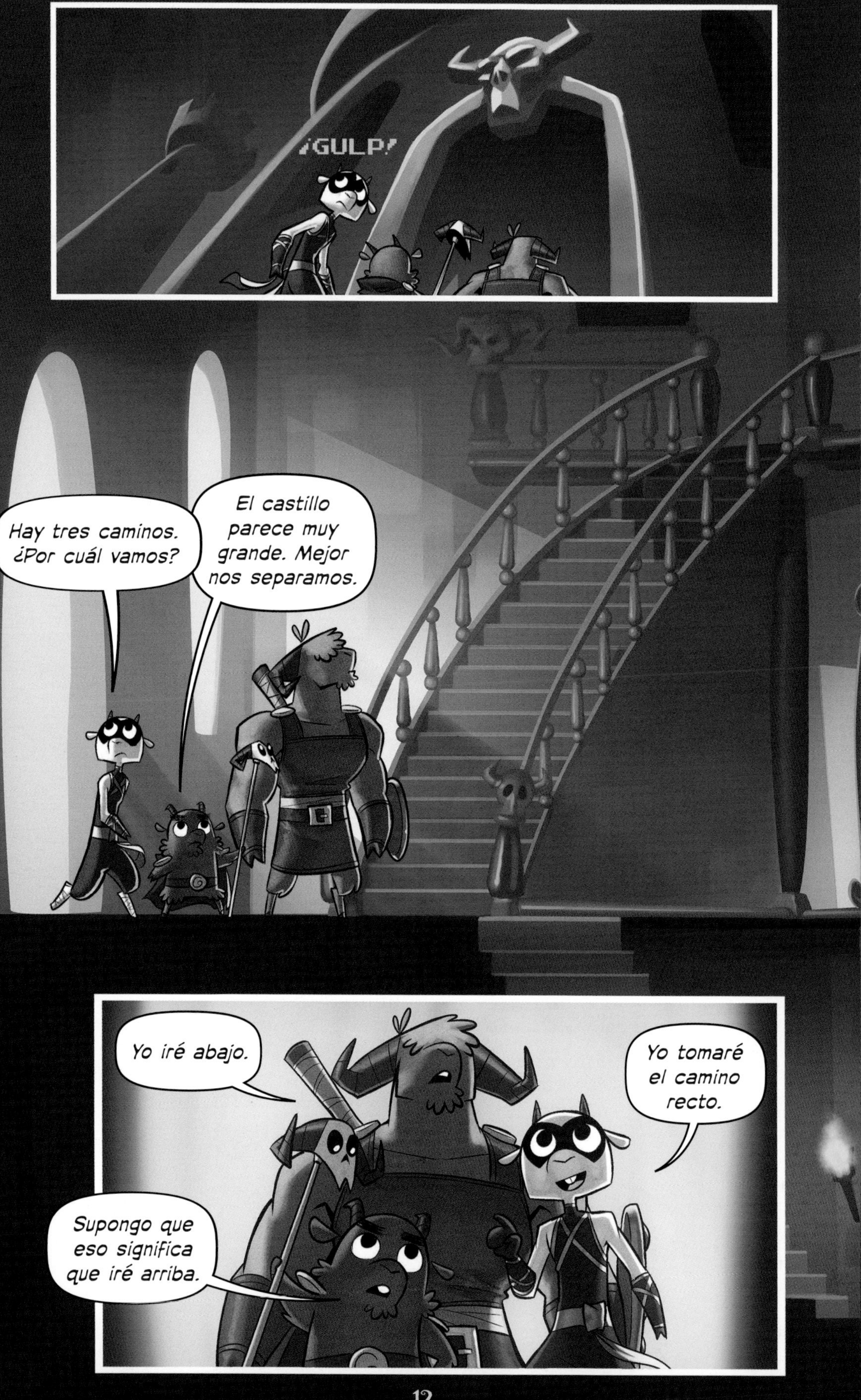
¡GULP!
Hay tres caminos. ¿Por cuál vamos?
El castillo parece muy grande. Mejor nos separamos.
Yo iré abajo.
Yo tomaré el camino recto.
Supongo que eso significa que iré arriba.

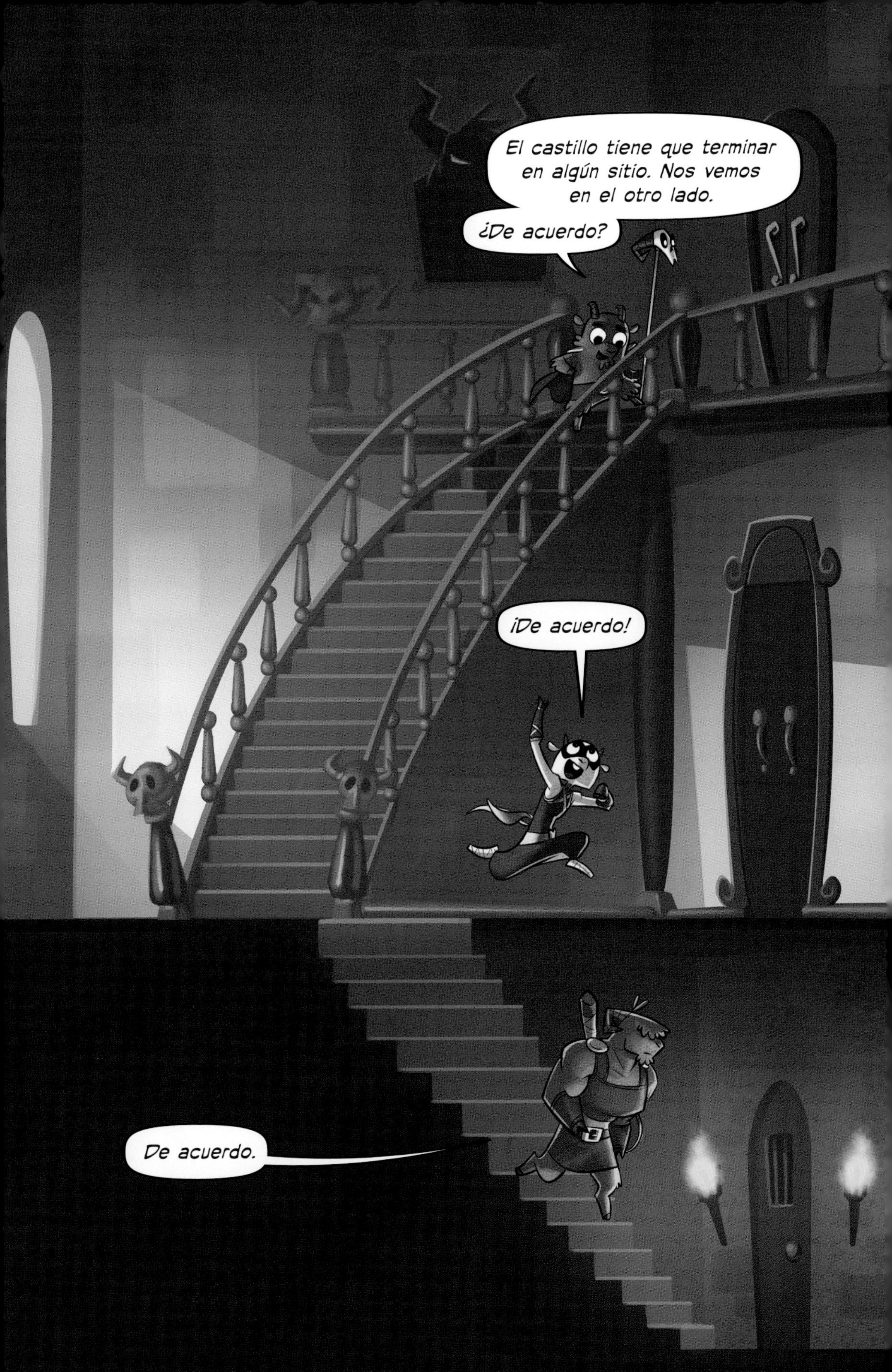
El castillo tiene que terminar en algún sitio. Nos vemos en el otro lado.
¿De acuerdo?
¡De acuerdo!
De acuerdo.

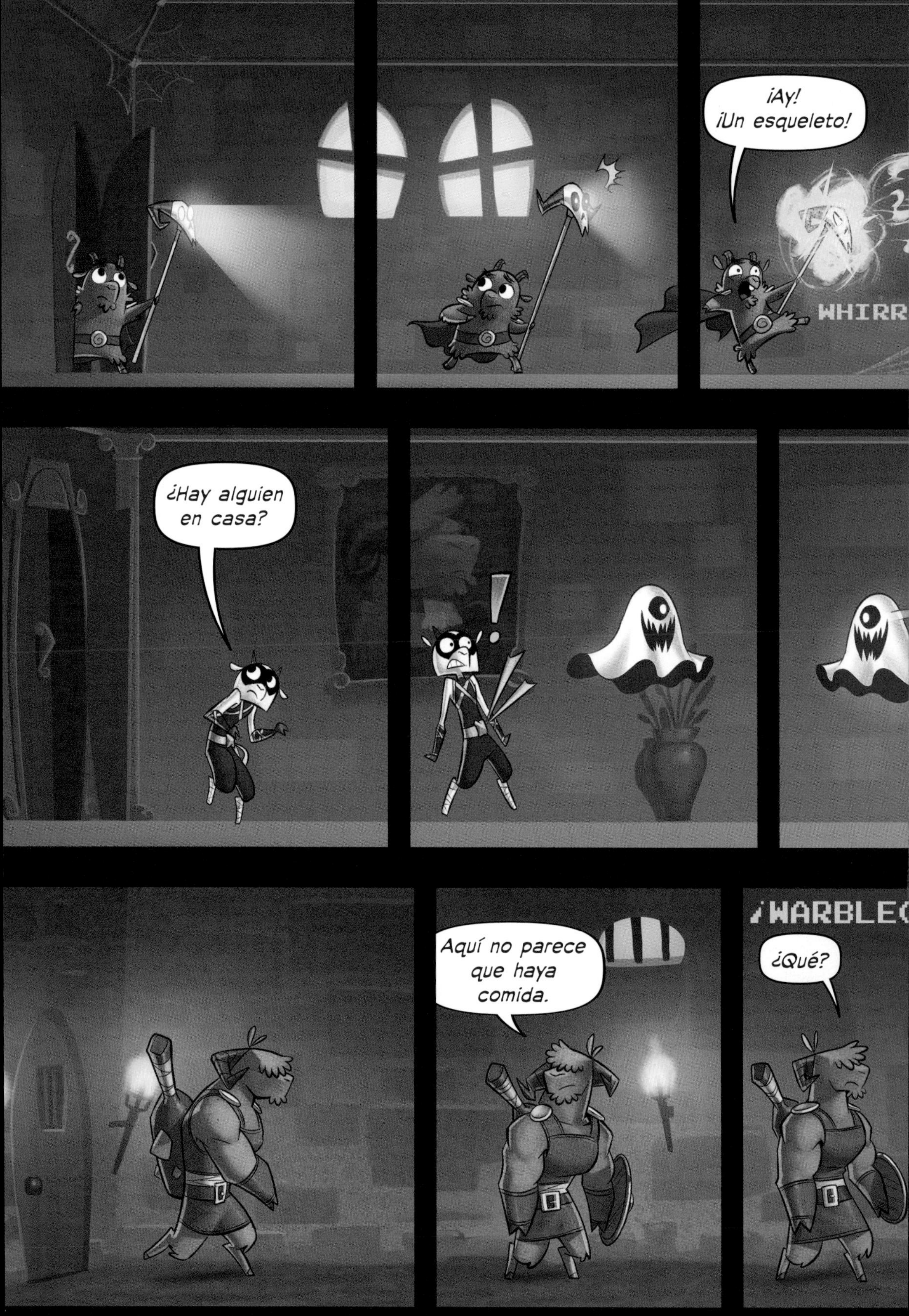
¡Ay!
¡Un esqueleto!
WHIRR
¿Hay alguien en casa?
!
Aquí no parece que haya comida.
¡WARBLE
¿Qué?

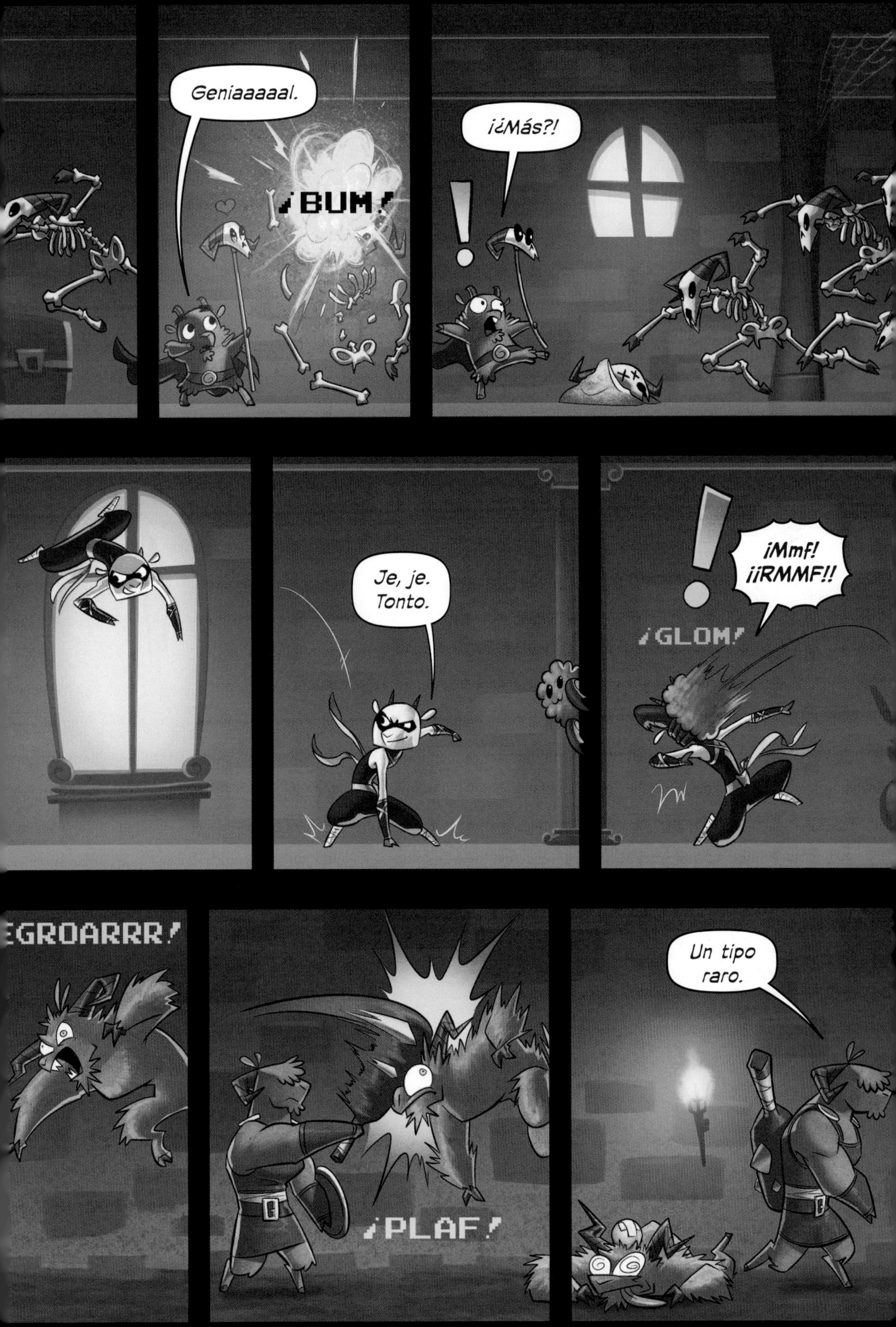
Geniaaaaal.
¡BUM!
¡¿Más?!
Je, je.
Tonto.
¡Mmf!
¡¡RMMF!!
¡GLOM!
¡GROARRR!
¡PLAF!
Un tipo
raro.

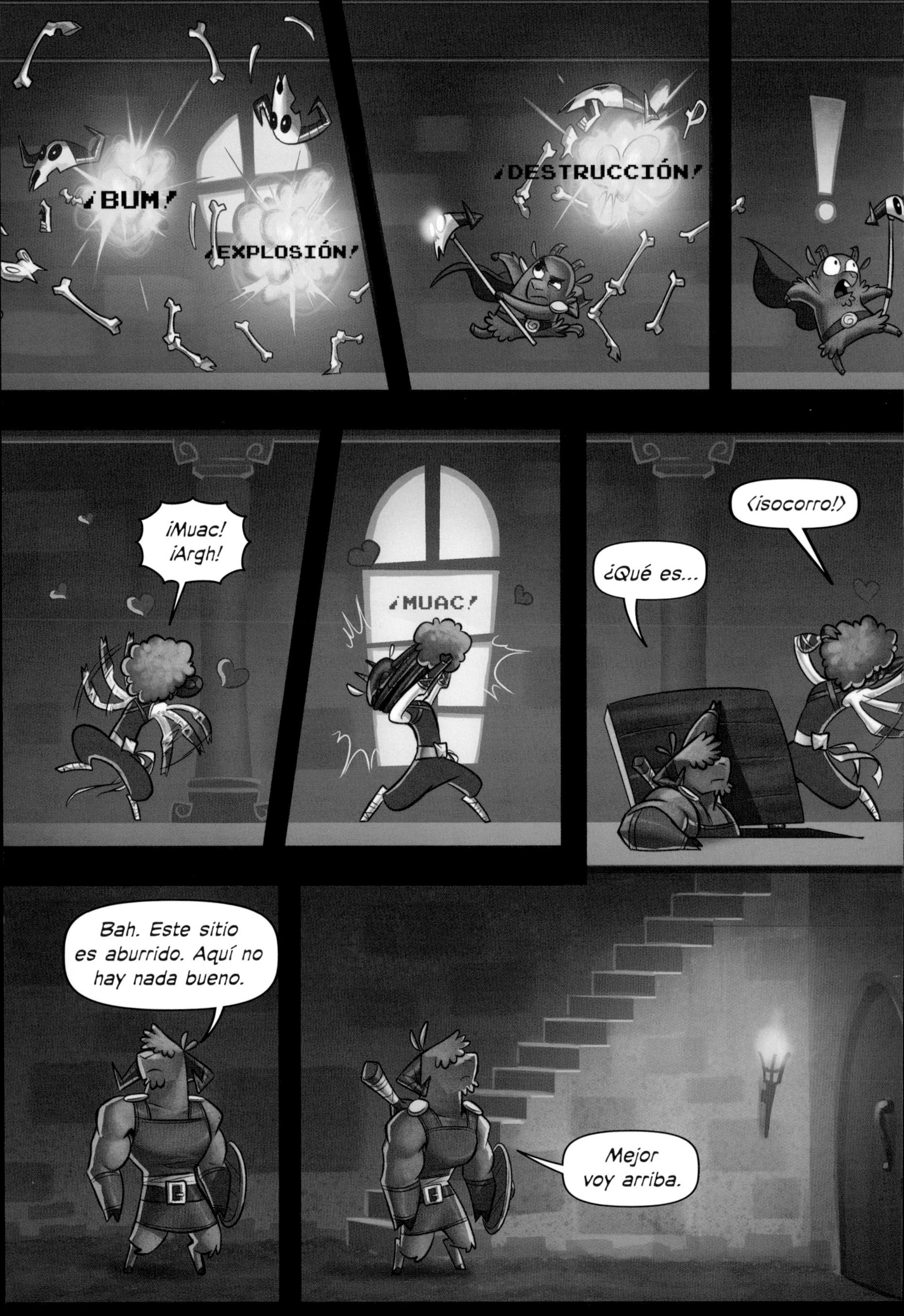
¡BUM!
¡EXPLOSIÓN!
¡DESTRUCCIÓN!
!
¡Muac! ¡Argh!
¡MUAC!
¿Qué es...
‹¡socorro!›
Bah. Este sitio es aburrido. Aquí no hay nada bueno.
Mejor voy arriba.

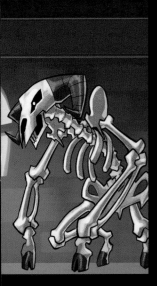

¡HAZTE POLIMORFO!

Mucho mejor. Qué ovejita tan linda.

¡Seamos amigos!

Pues... no, gracias.

TRISTE

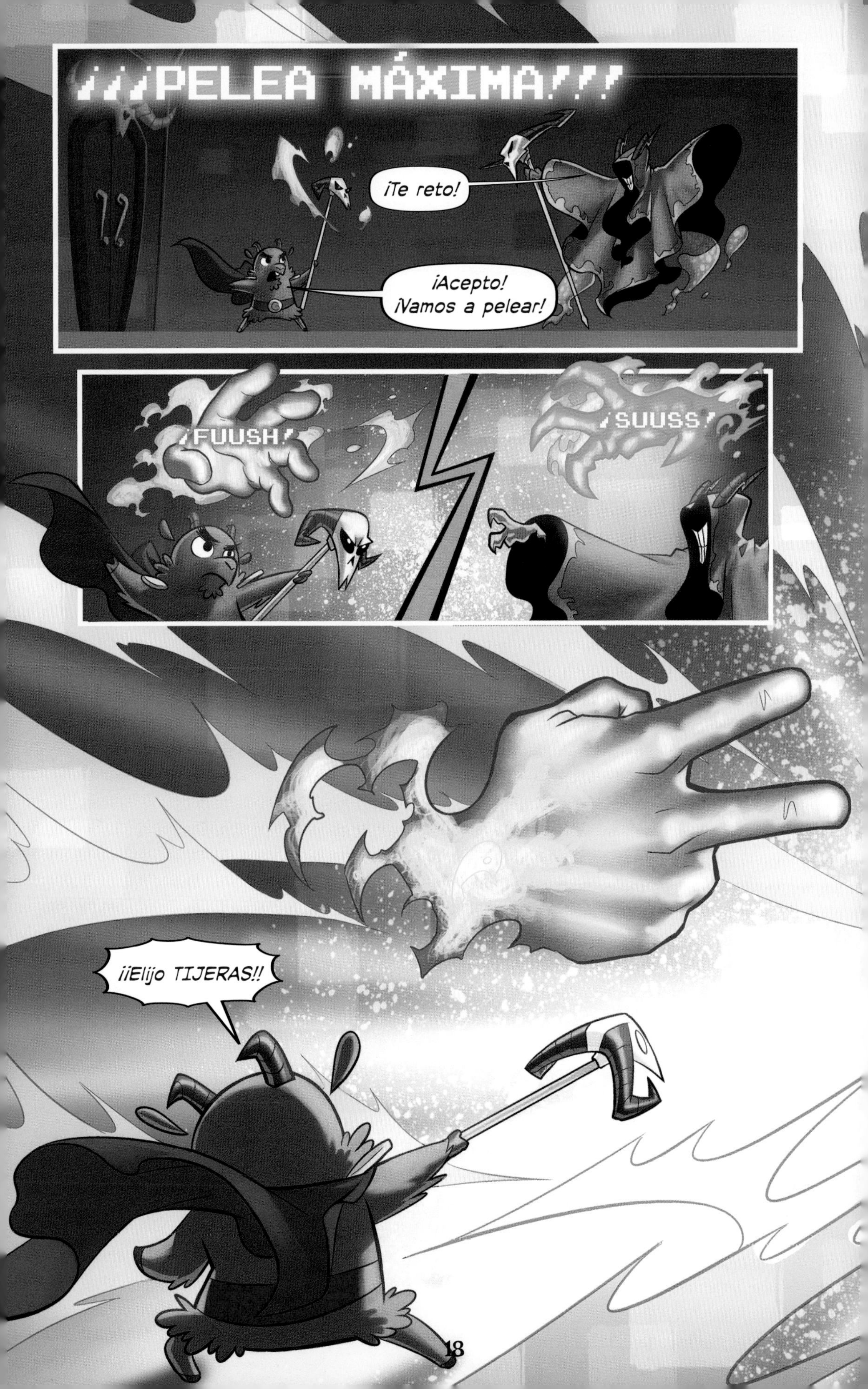
¡¡¡PELEA MÁXIMA!!!
¡Te reto!
¡Acepto! ¡Vamos a pelear!
¡FUUSH!
¡SUUSS!
¡¡Elijo TIJERAS!!

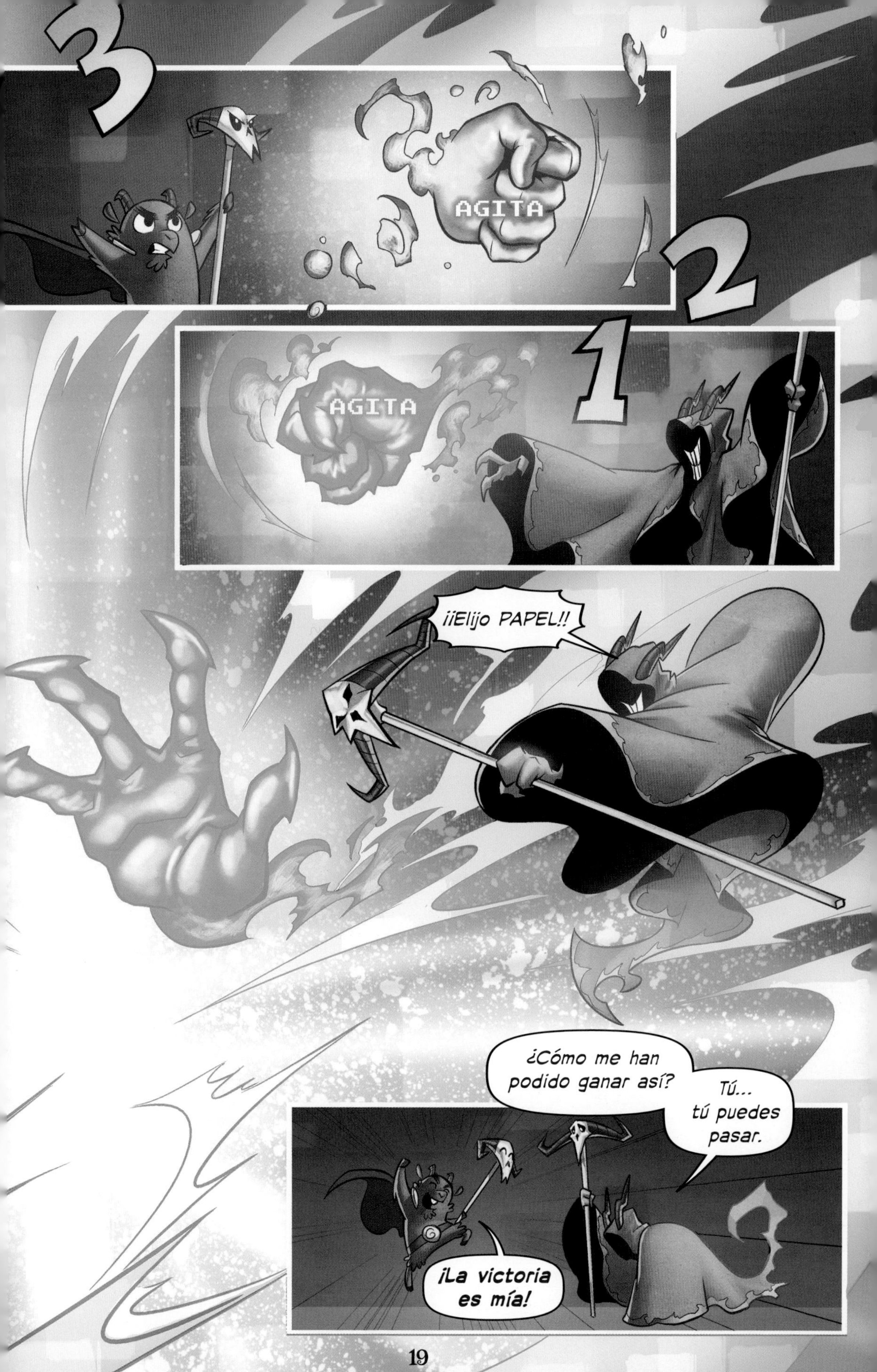
3
AGITA
2
1
AGITA
¡¡Elijo PAPEL!!
¿Cómo me han podido ganar así?
Tú... tú puedes pasar.
¡La victoria es mía!

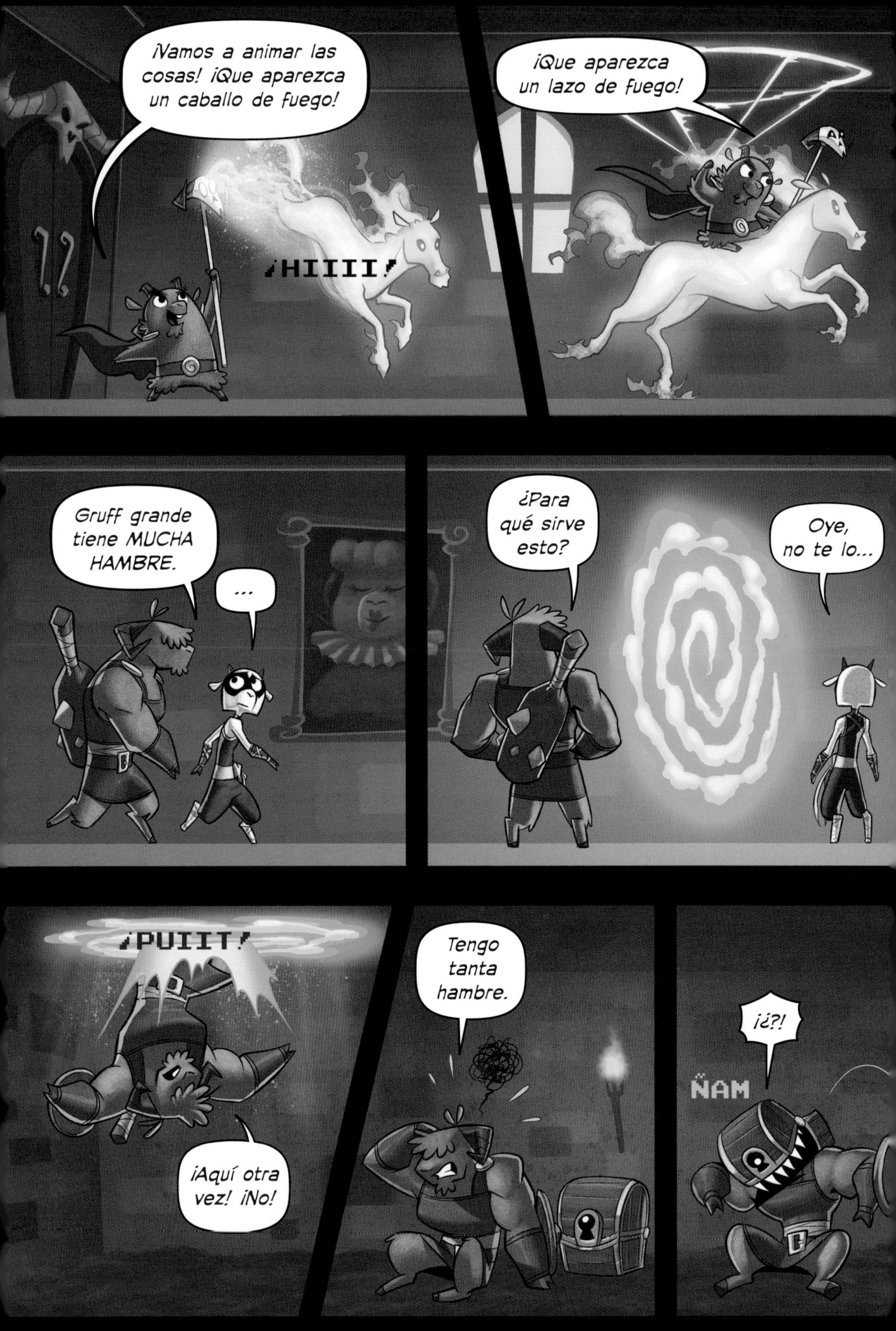
¡Vamos a animar las cosas! ¡Que aparezca un caballo de fuego!
¡HIIII!
¡Que aparezca un lazo de fuego!
Gruff grande tiene MUCHA HAMBRE.
...
¿Para qué sirve esto?
Oye, no te lo...
¡PUIIT!
¡Aquí otra vez! ¡No!
Tengo tanta hambre.
¡¿?!
ÑAM

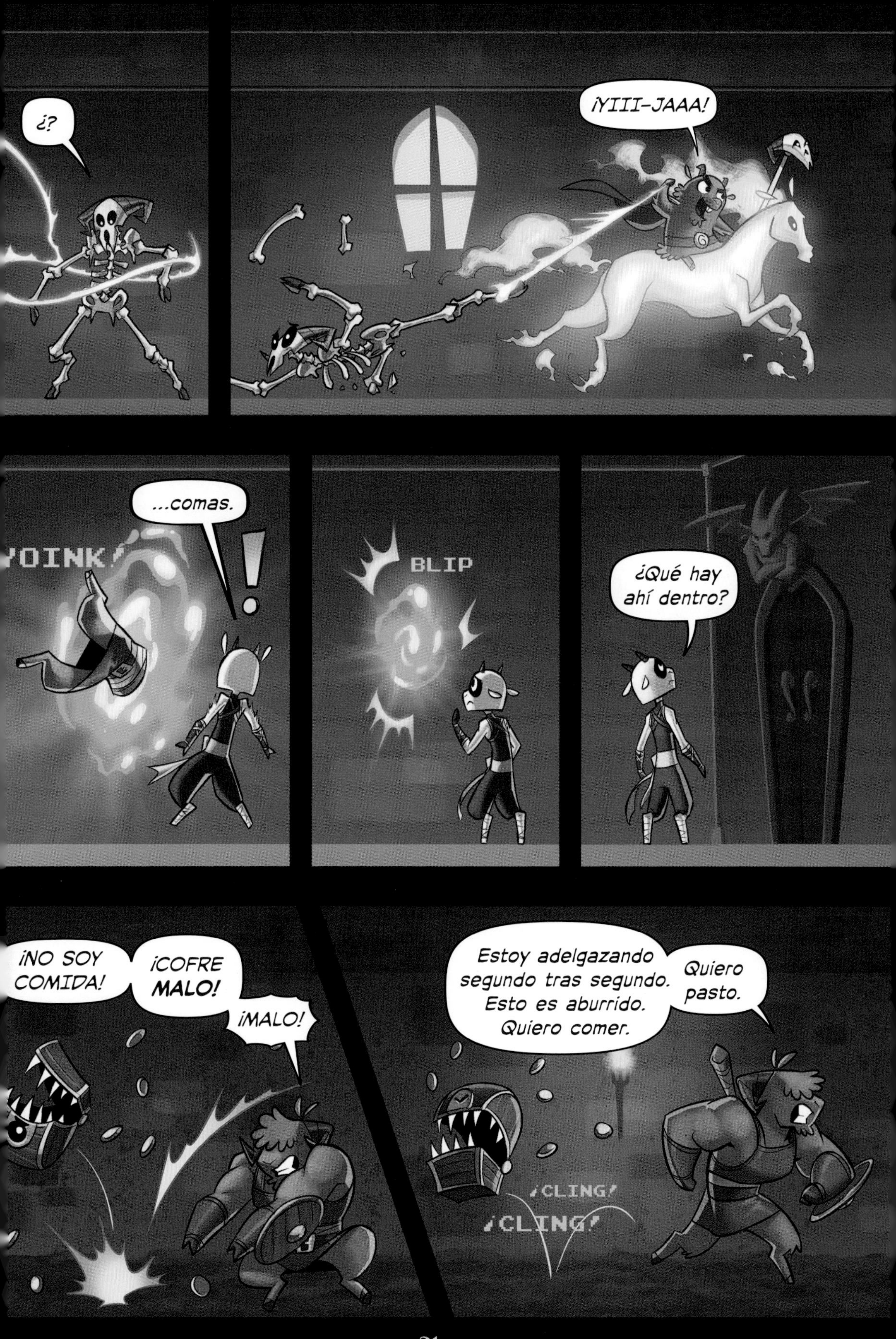
¿?
¡YIII–JAAA!
...comas.
YOINK!
BLIP
¿Qué hay ahí dentro?
¡NO SOY COMIDA!
¡COFRE MALO!
¡MALO!
Estoy adelgazando segundo tras segundo. Esto es aburrido. Quiero comer.
Quiero pasto.
¡CLING!
¡CLING!

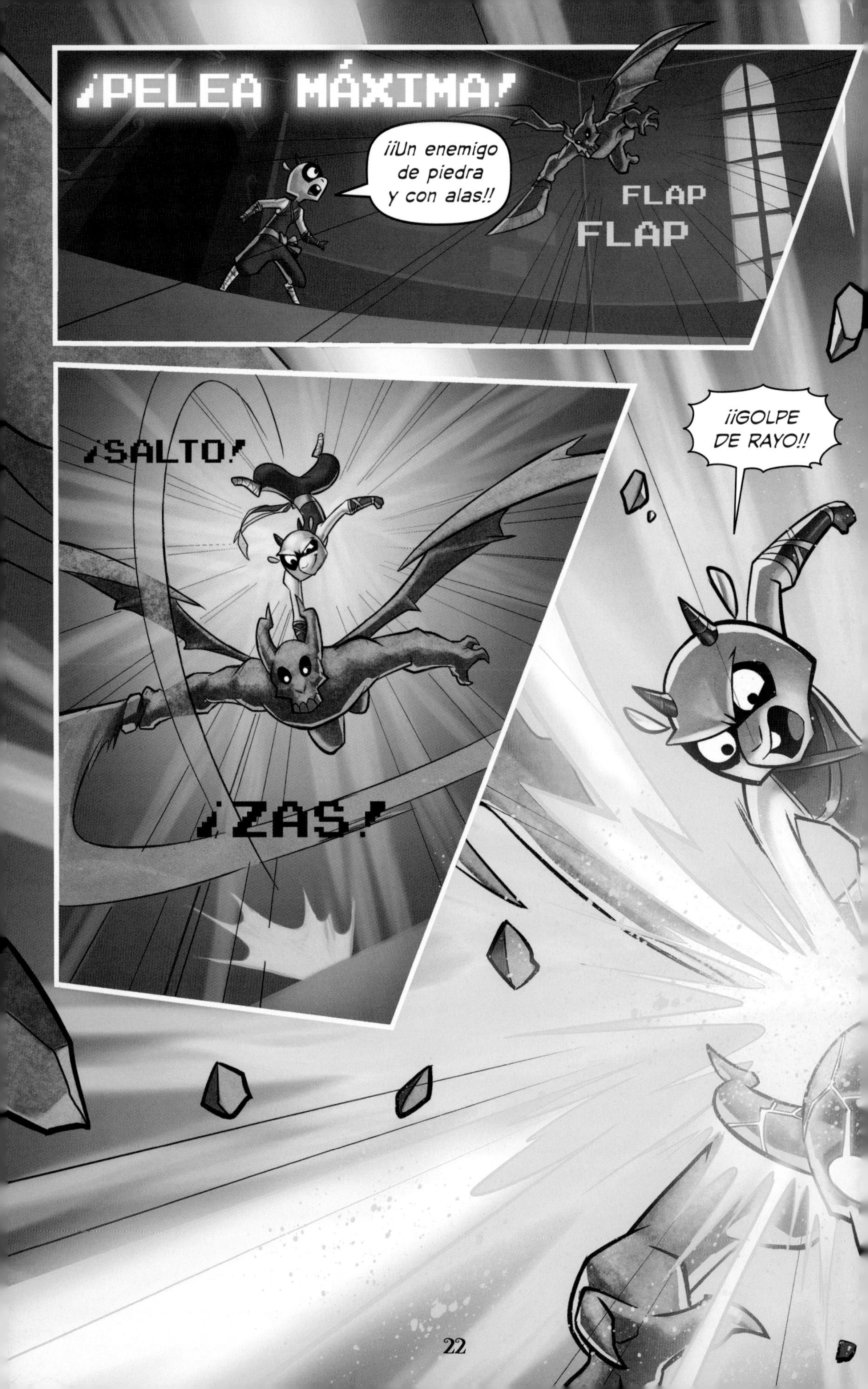
¡PELEA MÁXIMA!
¡¡Un enemigo de piedra y con alas!!
FLAP
FLAP
¡SALTO!
¡ZAS!
¡¡GOLPE DE RAYO!!

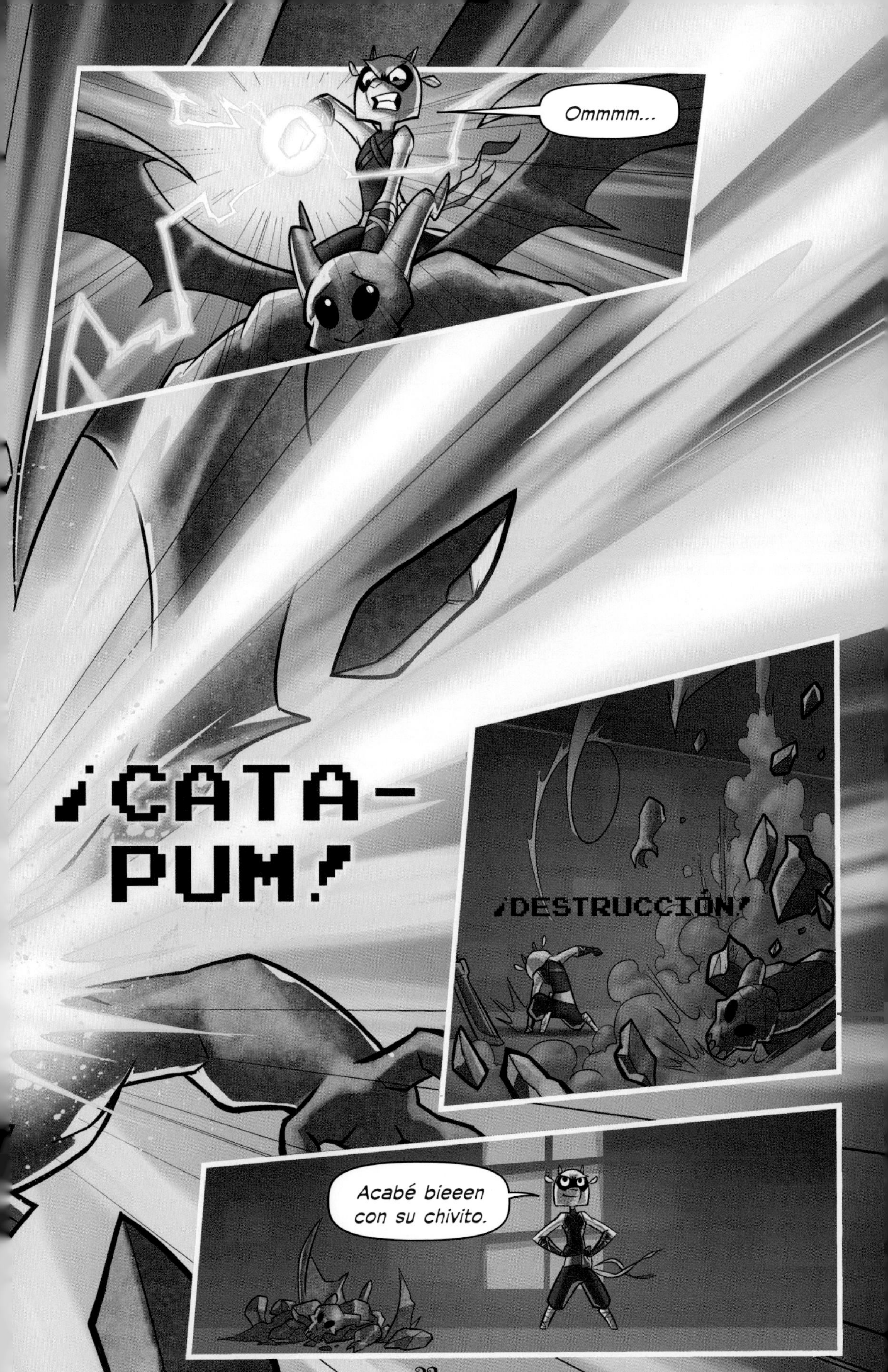
Ommmm...
¡CATA-PUM!
¡DESTRUCCIÓN!
Acabé bieeen con su chivito.

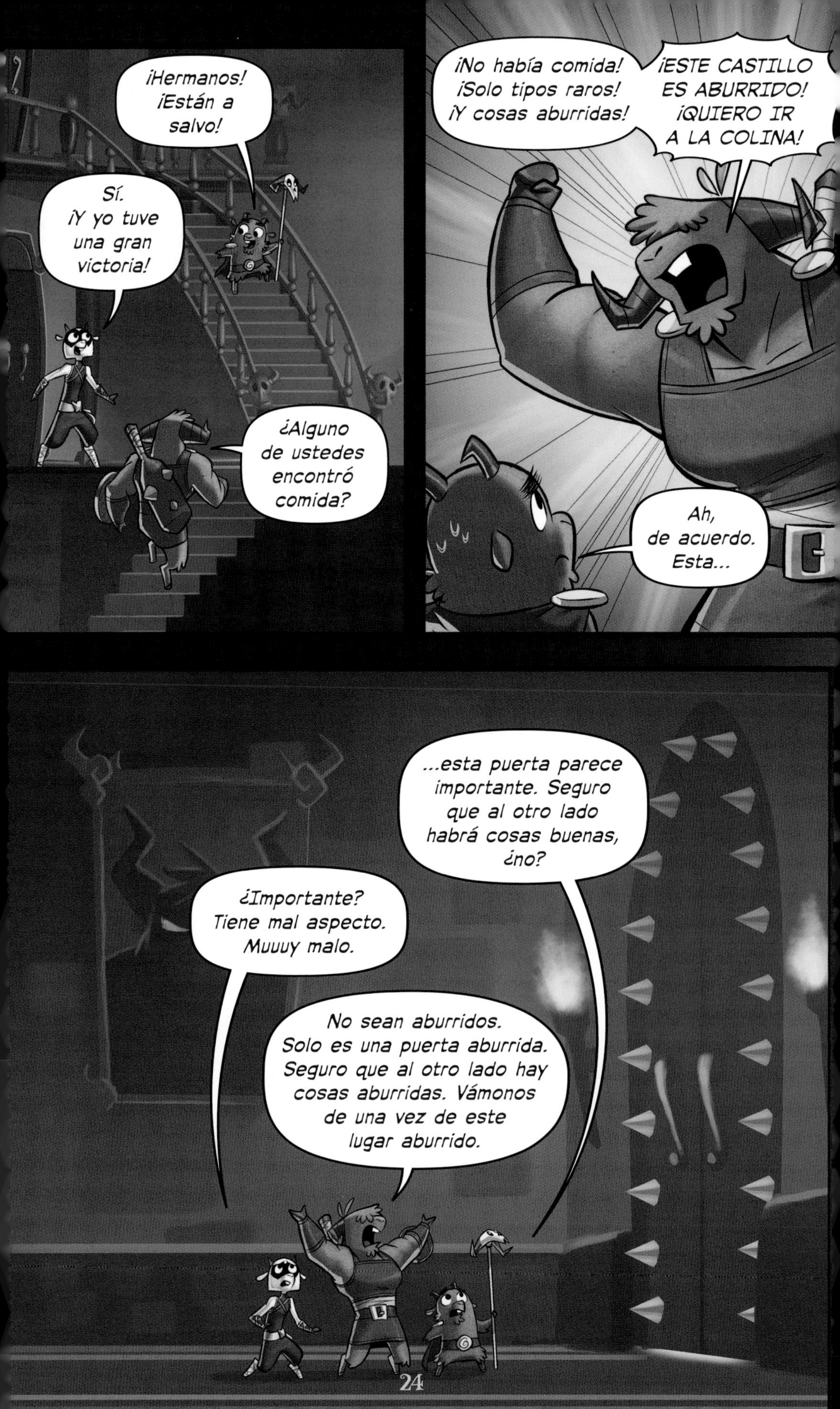
¡Hermanos! ¡Están a salvo!
Sí. ¡Y yo tuve una gran victoria!
¿Alguno de ustedes encontró comida?
¡No había comida! ¡Solo tipos raros! ¡Y cosas aburridas!
¡ESTE CASTILLO ES ABURRIDO! ¡QUIERO IR A LA COLINA!
Ah, de acuerdo. Esta...
...esta puerta parece importante. Seguro que al otro lado habrá cosas buenas, ¿no?
¿Importante? Tiene mal aspecto. Muuuy malo.
No sean aburridos. Solo es una puerta aburrida. Seguro que al otro lado hay cosas aburridas. Vámonos de una vez de este lugar aburrido.

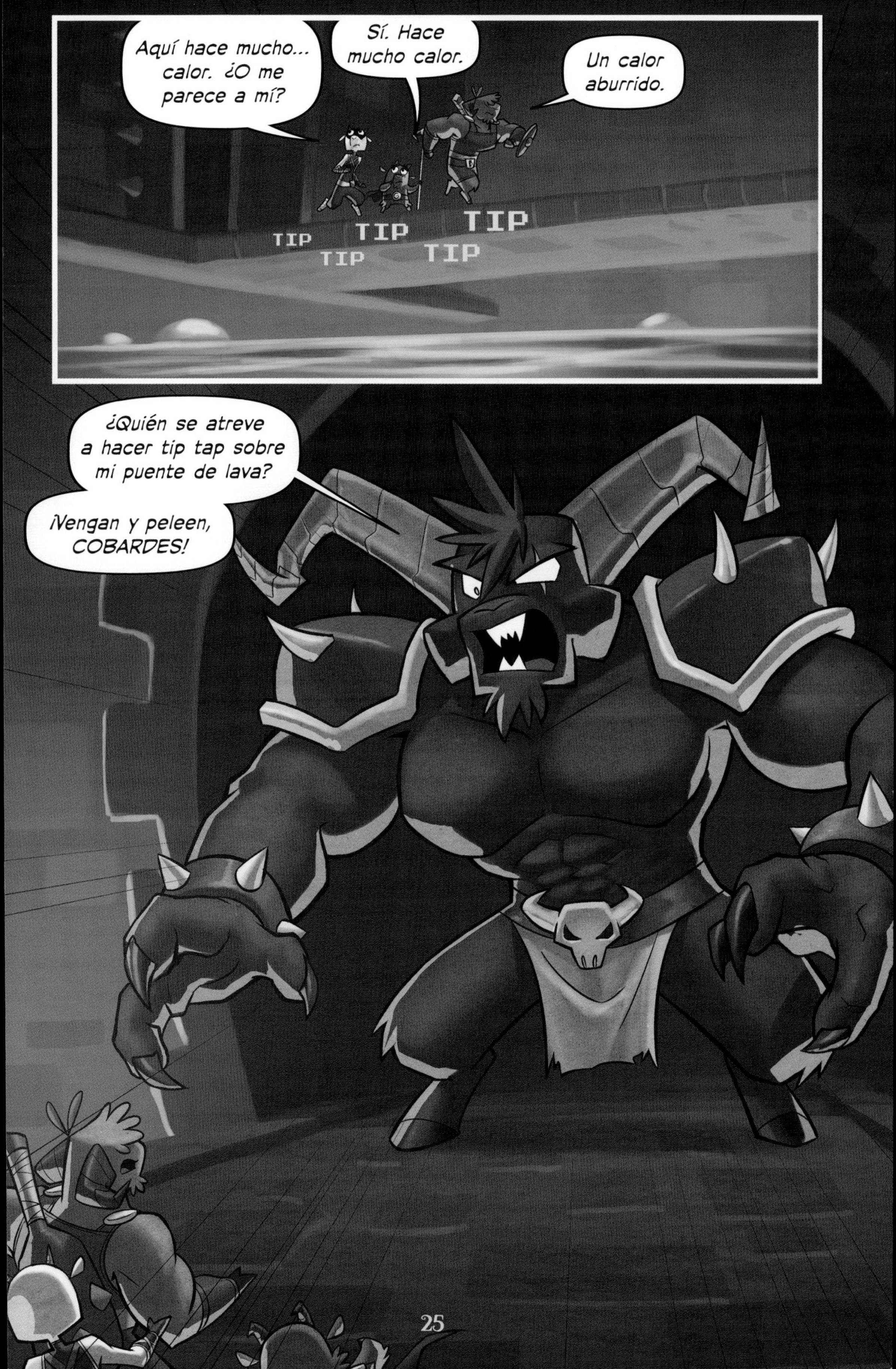
Aquí hace mucho... calor. ¿O me parece a mí?
Sí. Hace mucho calor.
Un calor aburrido.
TIP
TIP
TIP
TIP
TIP
¿Quién se atreve a hacer tip tap sobre mi puente de lava?
¡Vengan y peleen, COBARDES!

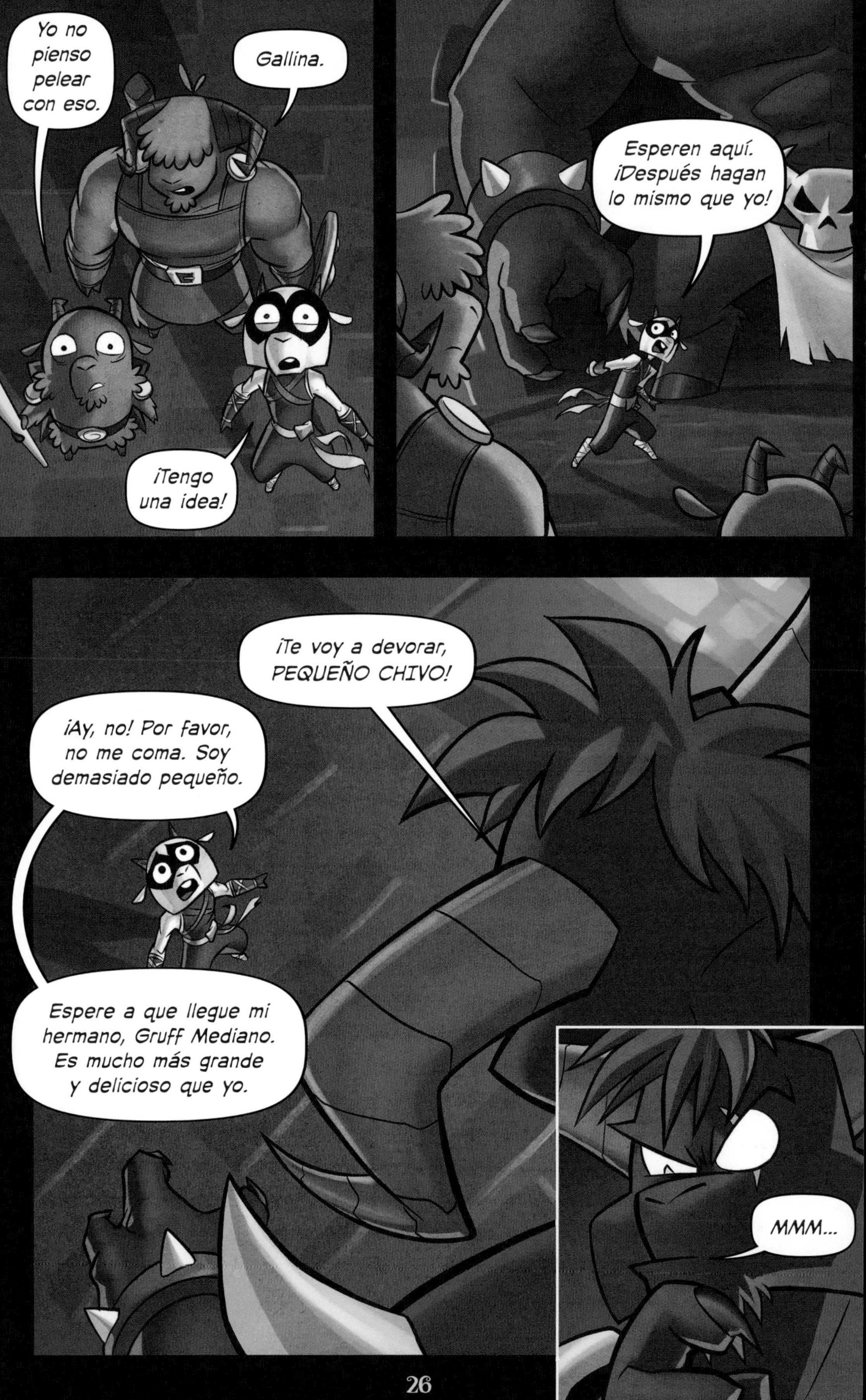
Yo no pienso pelear con eso.
Gallina.
¡Tengo una idea!
Esperen aquí. ¡Después hagan lo mismo que yo!
¡Te voy a devorar, PEQUEÑO CHIVO!
¡Ay, no! Por favor, no me coma. Soy demasiado pequeño.
Espere a que llegue mi hermano, Gruff Mediano. Es mucho más grande y delicioso que yo.
MMM...

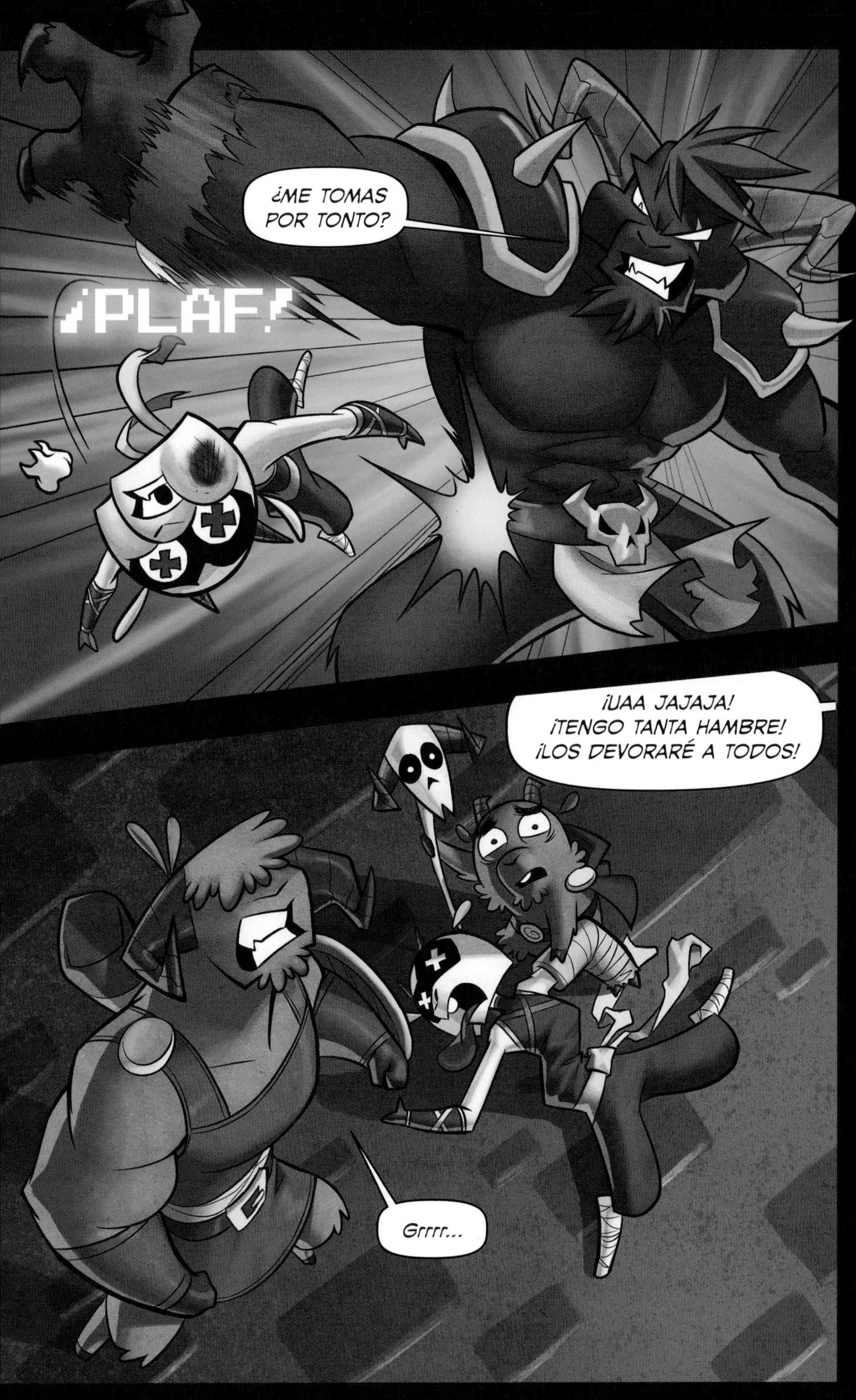
¿ME TOMAS POR TONTO?
¡PLAF!
¡UAA JAJAJA! ¡TENGO TANTA HAMBRE! ¡LOS DEVORARÉ A TODOS!
Grrrr...

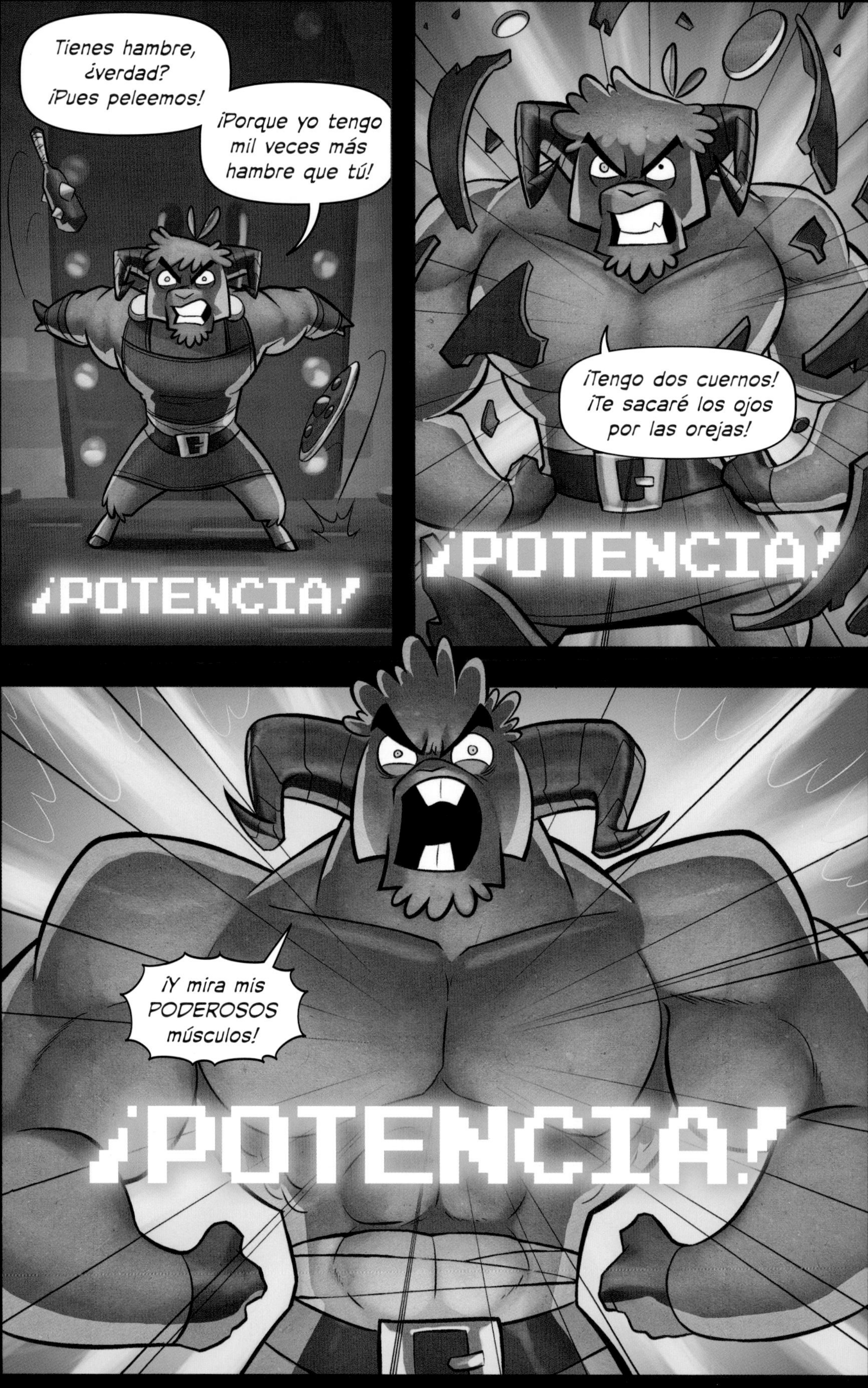
Tienes hambre, ¿verdad? ¡Pues peleemos!
¡Porque yo tengo mil veces más hambre que tú!
¡POTENCIA!
¡Tengo dos cuernos! ¡Te sacaré los ojos por las orejas!
¡POTENCIA!
¡Y mira mis PODEROSOS músculos!
¡POTENCIA!

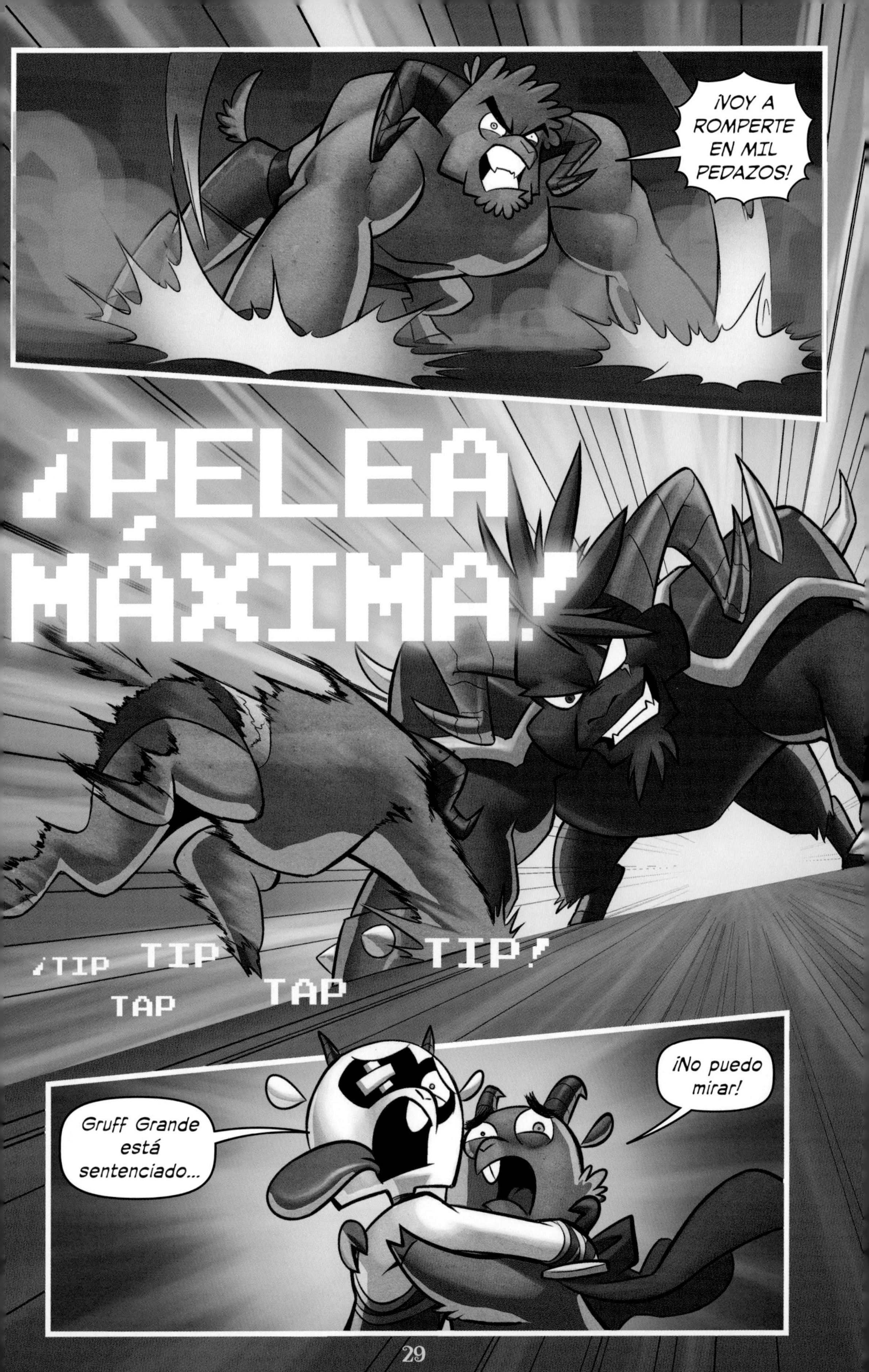
¡VOY A ROMPERTE EN MIL PEDAZOS!
¡PELEA MÁXIMA!
¡TIP TIP TAP TAP TIP!
Gruff Grande está sentenciado...
¡No puedo mirar!

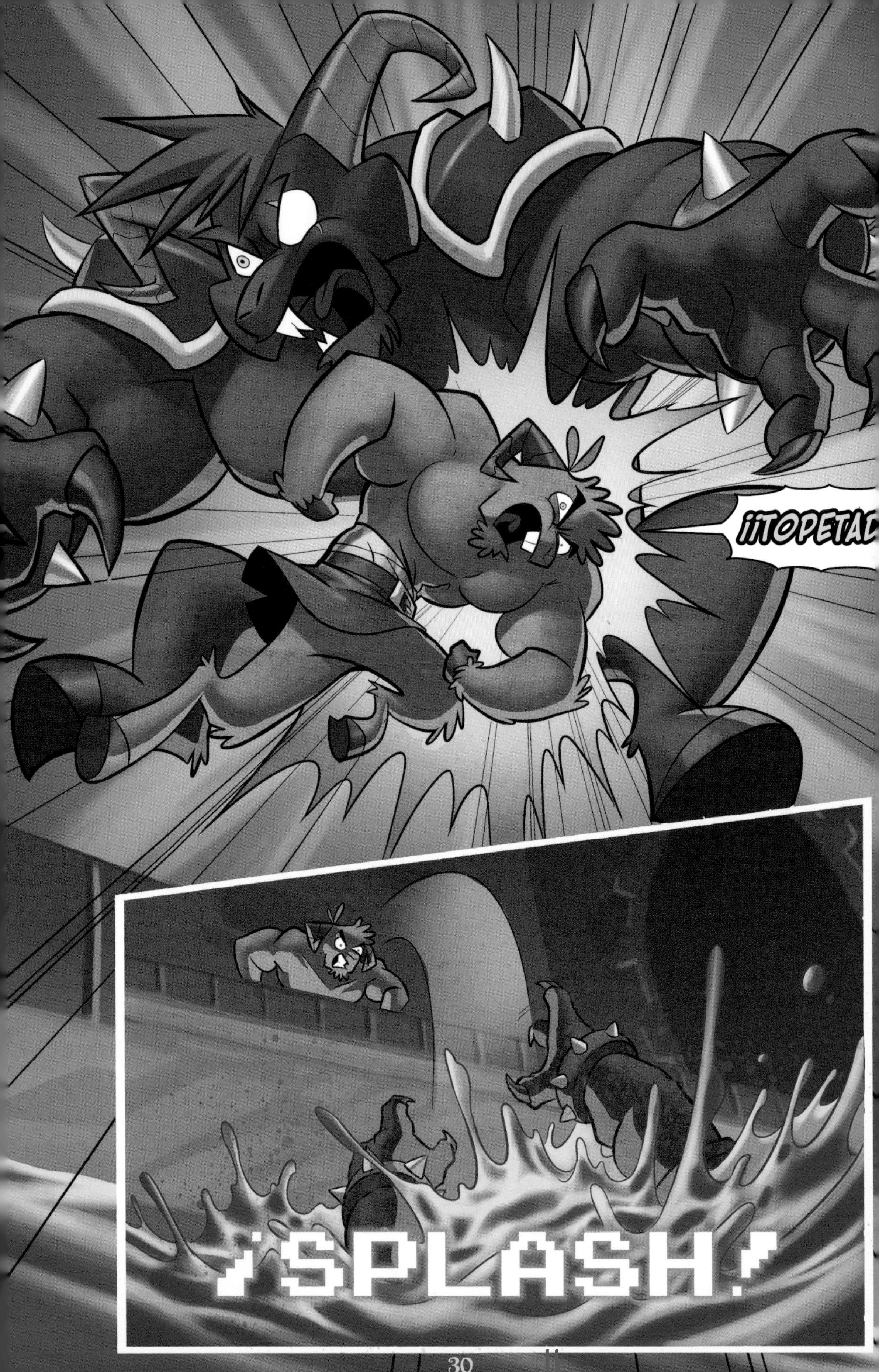
¡¡TOPETAD
¡SPLASH!

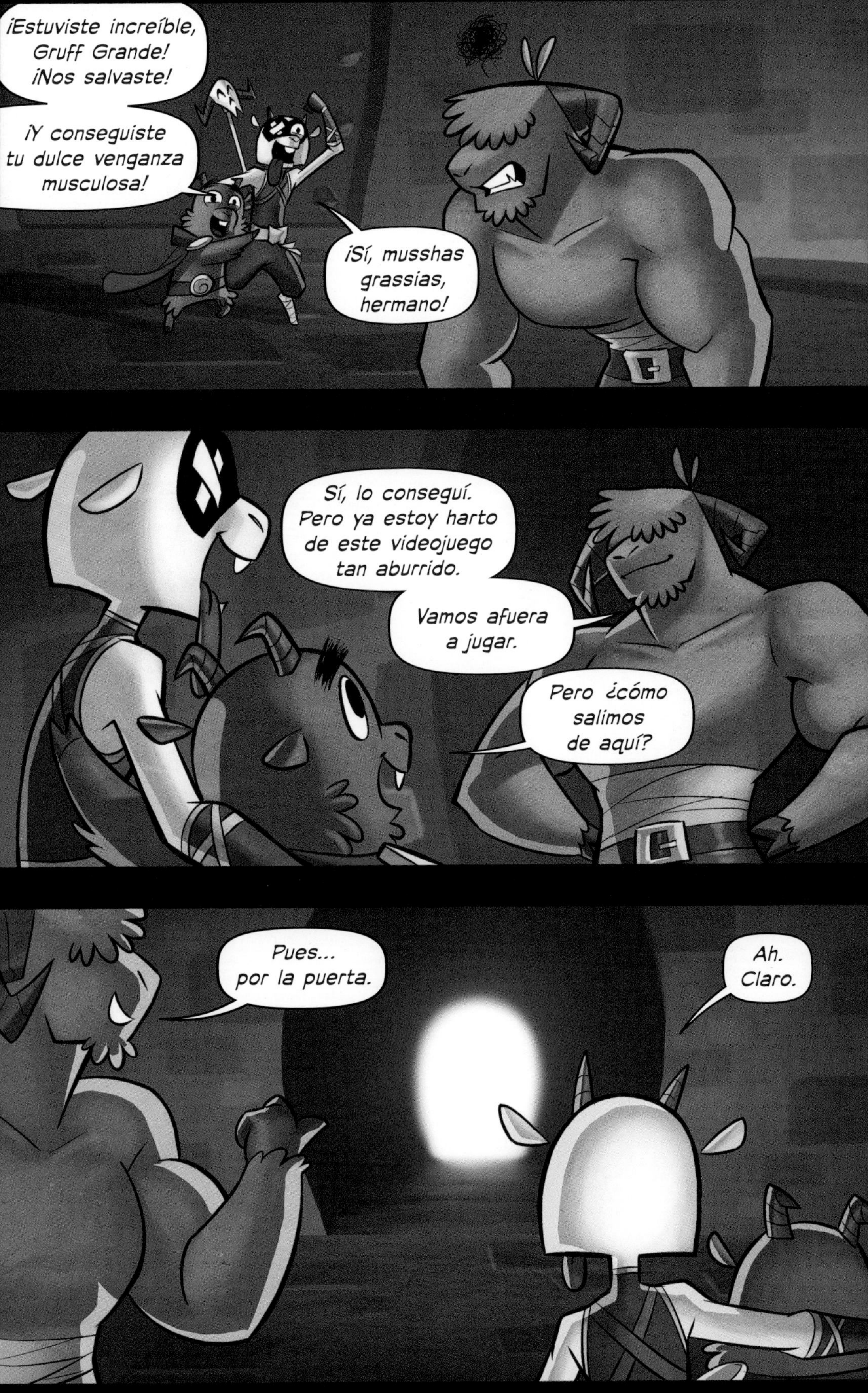
¡Estuviste increíble, Gruff Grande! ¡Nos salvaste!
¡Y conseguiste tu dulce venganza musculosa!
¡Sí, musshas grassias, hermano!
Sí, lo conseguí. Pero ya estoy harto de este videojuego tan aburrido.
Vamos afuera a jugar.
Pero ¿cómo salimos de aquí?
Pues... por la puerta.
Ah. Claro.

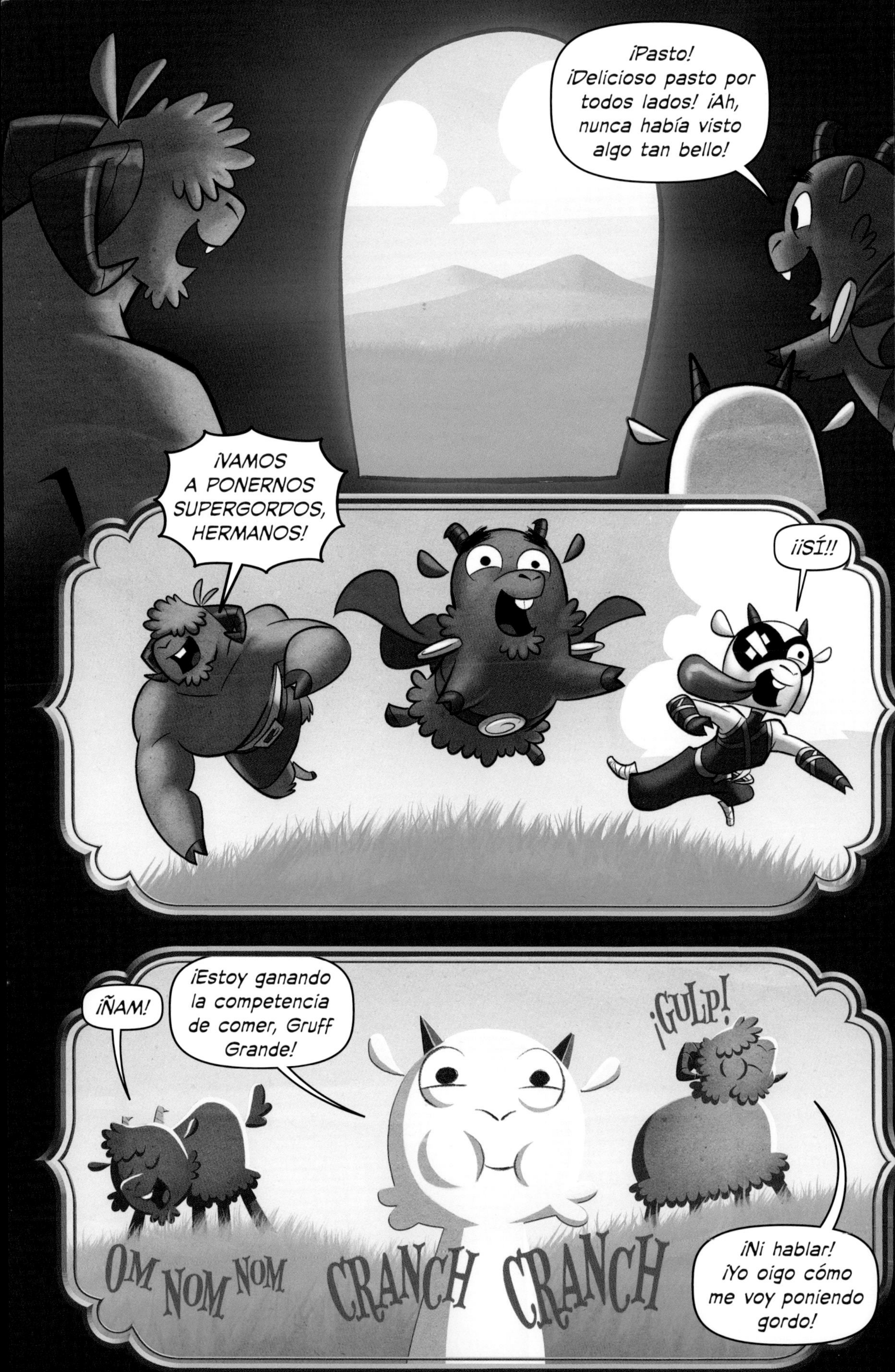
¡Pasto! ¡Delicioso pasto por todos lados! ¡Ah, nunca había visto algo tan bello!
¡VAMOS A PONERNOS SUPERGORDOS, HERMANOS!
¡¡SÍ!!
¡ÑAM!
¡Estoy ganando la competencia de comer, Gruff Grande!
¡GULP!
OM NOM NOM
CRANCH CRANCH
¡Ni hablar! ¡Yo oigo cómo me voy poniendo gordo!

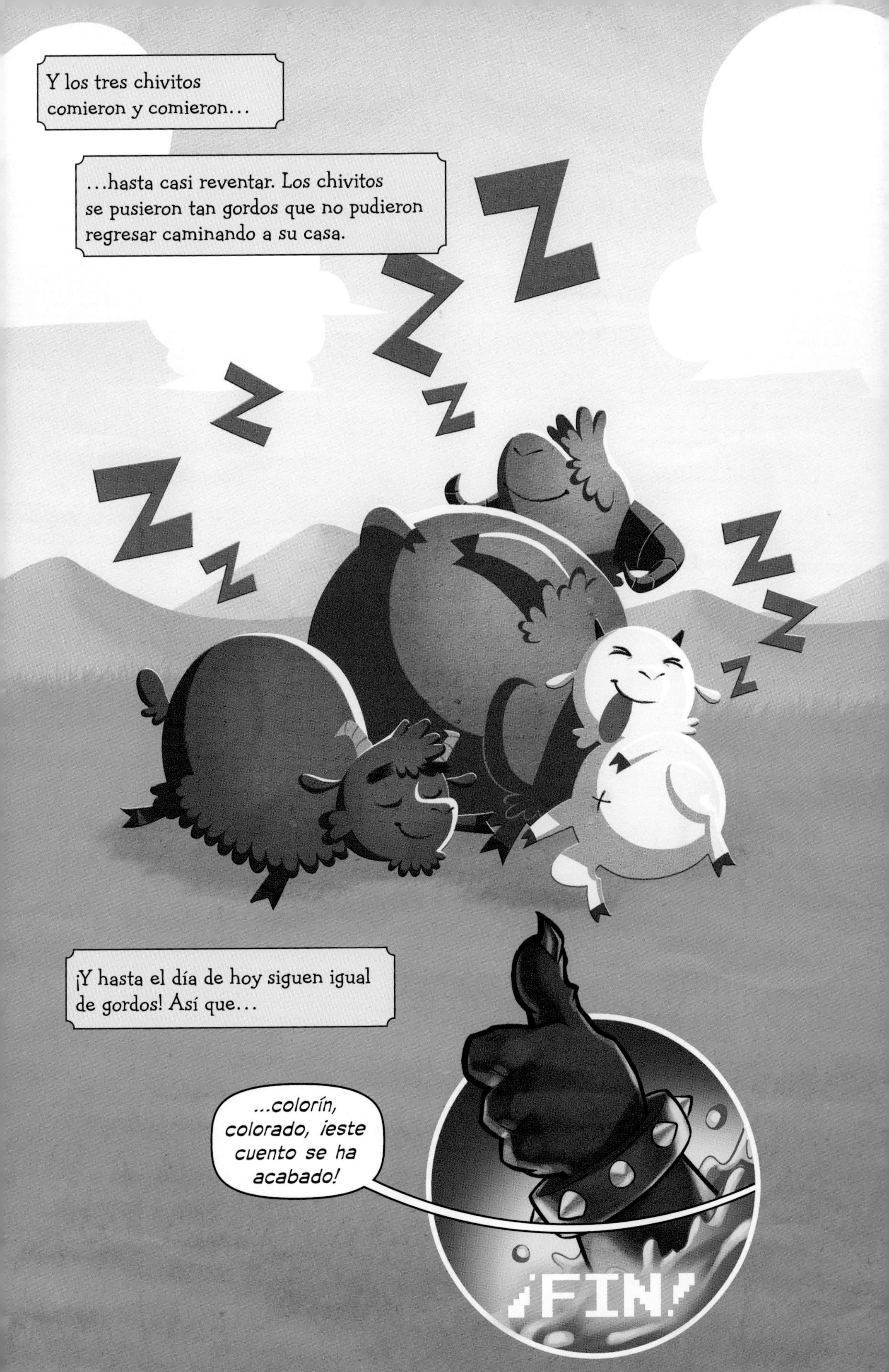
Y los tres chivitos comieron y comieron…
…hasta casi reventar. Los chivitos se pusieron tan gordos que no pudieron regresar caminando a su casa.
¡Y hasta el día de hoy siguen igual de gordos! Así que…
...colorín, colorado, ¡este cuento se ha acabado!
¡FIN!

¡TODO SOBRE EL CUENTO ORIGINAL!

"Los tres chivitos Gruff" es un cuento noruego que se publicó por primera vez entre 1841 y 1844. Esta es la versión de un videojuego, pero la versión original ¡también tenía elementos futuristas!

En el cuento original, había tres chivitos de distintos tamaños. Normalmente se los presenta como hermanos. Los chivitos buscan pasto y deciden ir a la colina del otro lado del río para comer y engordar. Sin embargo, debajo del puente vive un ogro peligroso que devora a cualquiera que intente atravesarlo.

El chivito más pequeño es el primero en cruzar. Cuando el ogro lo amenaza con devorarlo, el chivito pequeño lo engaña diciéndole que su hermano mayor es más grande y delicioso y que el ogro debía esperarlo. El ogro glotón deja pasar al chivito pequeño con la esperanza de conseguir un almuerzo mejor y más grande.

El chivito mediano, un poco más grande que su hermano, intenta cruzar el puente. Y usa el mismo truco para que el ogro lo deje pasar y le dice que su hermano mayor es más grande y que viene en camino. El truco vuelve a funcionar.

Cuando llega el hermano mayor, el ogro lo detiene y lo amenaza con devorarlo. Pero el tercer chivito es tan grande que empuja al ogro ¡y lo lanza al río! (En algunas versiones del cuento, el chivito ataca al ogro con sus cuernos y sus pezuñas y lo hace pedazos).

Una vez que el puente queda libre de peligros, los tres chivitos van a la colina, comen pasto y viven felices para siempre. El ogro sigue viviendo debajo del puente, pero nunca más vuelve a molestar a nadie.

"Los superchivitos Gruff" incorpora cambios especiales a este cuento clásico, como las peleas de los chivitos contra sus enemigos, antes de enfrentarse en el gran combate con el Jefe Máximo...

¡GUÍA FUTURISTA DEL CASTILLO DE LA COLINA!

SONRISA BURLONA 💀

JEFE

Sonrisa Burlona es un hechicero malvado que envía a los esquele-chivitos a que luchen por él en el piso de arriba del Castillo de la Colina. Su padre, Sonrisón, era uno de los chivos mascota del dios nórdico, Thor. Tiraba del carro de Thor y era conocido por su sonrisa siniestra y burlona.

MIMIC 💲

ESBIRRO

Se dice que la avaricia lleva a la derrota de los más grandes aventureros, y Mimic es la prueba. Este cofre hambriento parece que está lleno de tesoros valiosos, pero su único contenido son los huesos de aventureros descuidados.

CABRA GÁRGOLA 💀

JEFE

Aunque la función de la mayoría de las gárgolas es sacar la lluvia de los edificios, la Cabra Gárgola solo pretende ser una estatua. Este guardián de granito se alza sobre el tejado del castillo y es la primera línea de defensa contra los invasores.

ABRAZA-CARAS 💜

ESBIRRO

Algunos enemigos en realidad son amigos que no saben respetar el espacio personal. Aunque tenga buenas intenciones, el Abraza-Caras está tan necesitado de cariño que, literalmente, no te deja ni respirar.

PREGUNTAS VISUALES

1

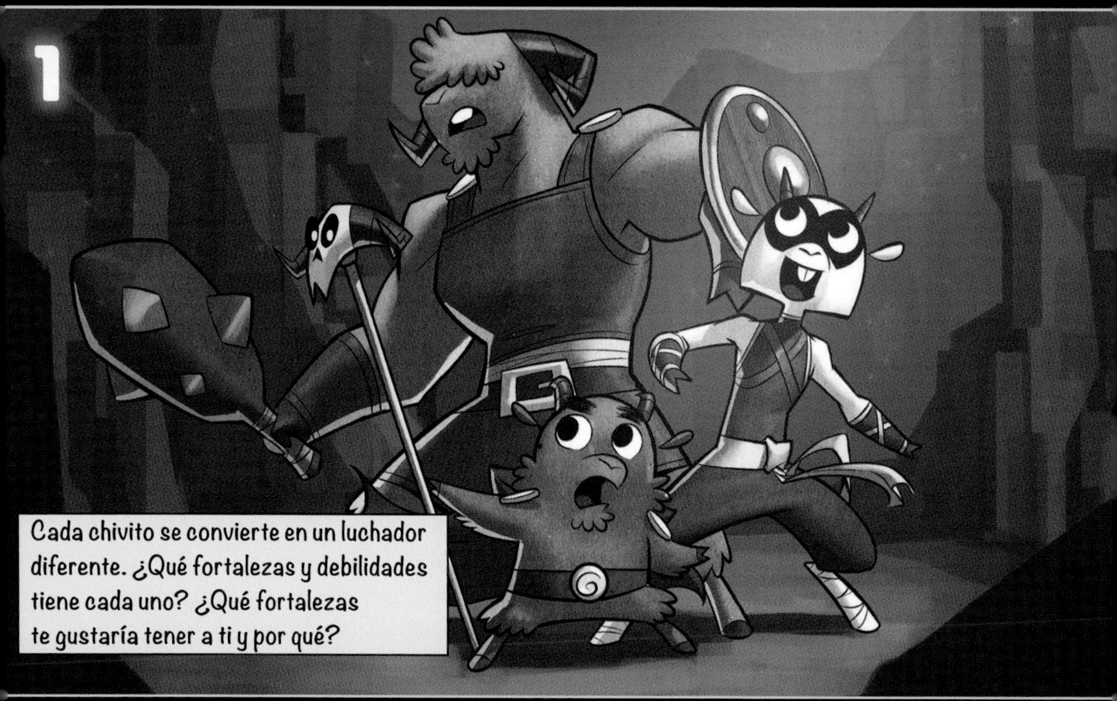

Cada chivito se convierte en un luchador diferente. ¿Qué fortalezas y debilidades tiene cada uno? ¿Qué fortalezas te gustaría tener a ti y por qué?

2

¿Por qué en esta viñeta aparecen unos rayos que salen de las barrigas de los chivitos? ¿Cómo lo sabes?

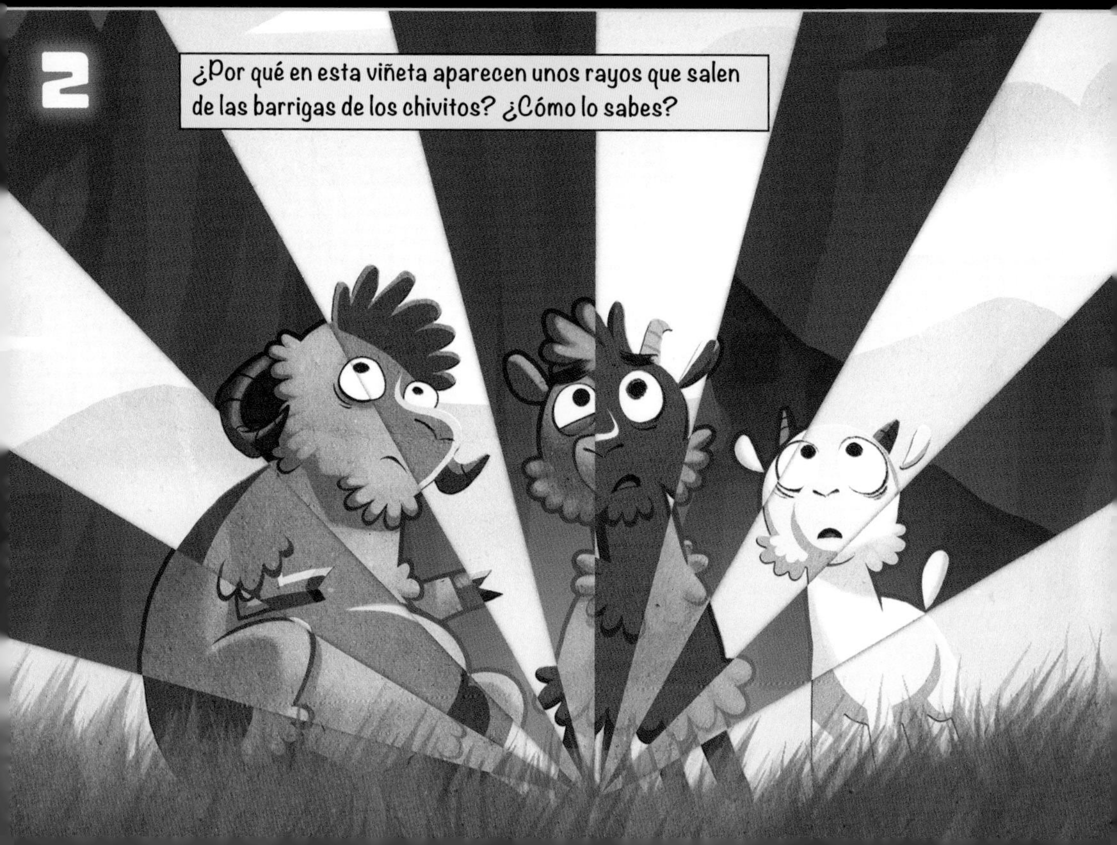

3

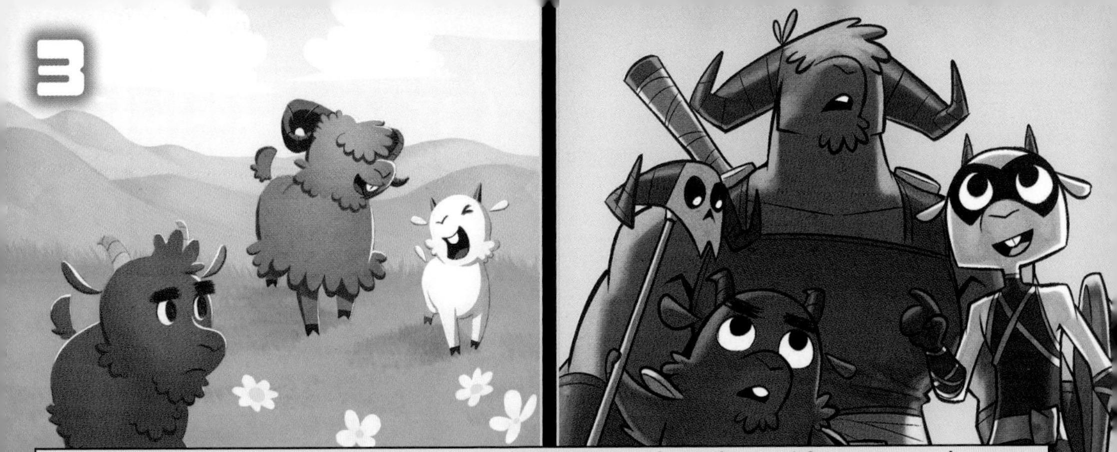

El estilo de las ilustraciones al principio y al final de esta novela gráfica es diferente que en la parte central. ¿Por qué crees que los creadores de este libro hicieron eso? ¿Cuándo y por qué cambia el estilo de las ilustraciones?

4

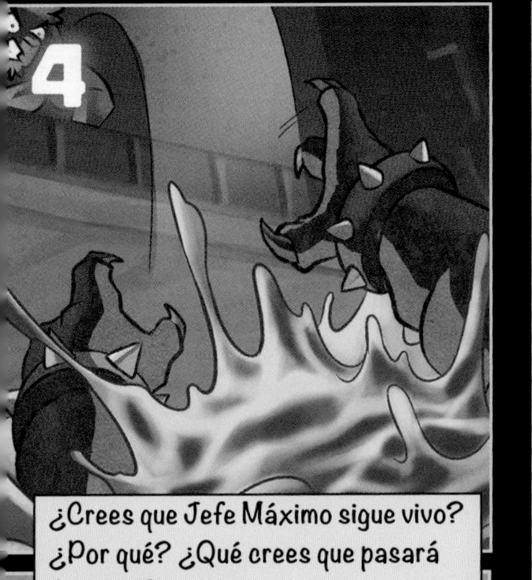

¿Crees que Jefe Máximo sigue vivo? ¿Por qué? ¿Qué crees que pasará después?

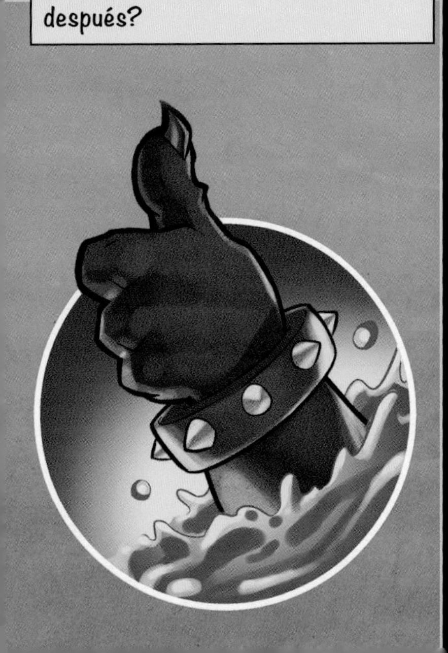

5

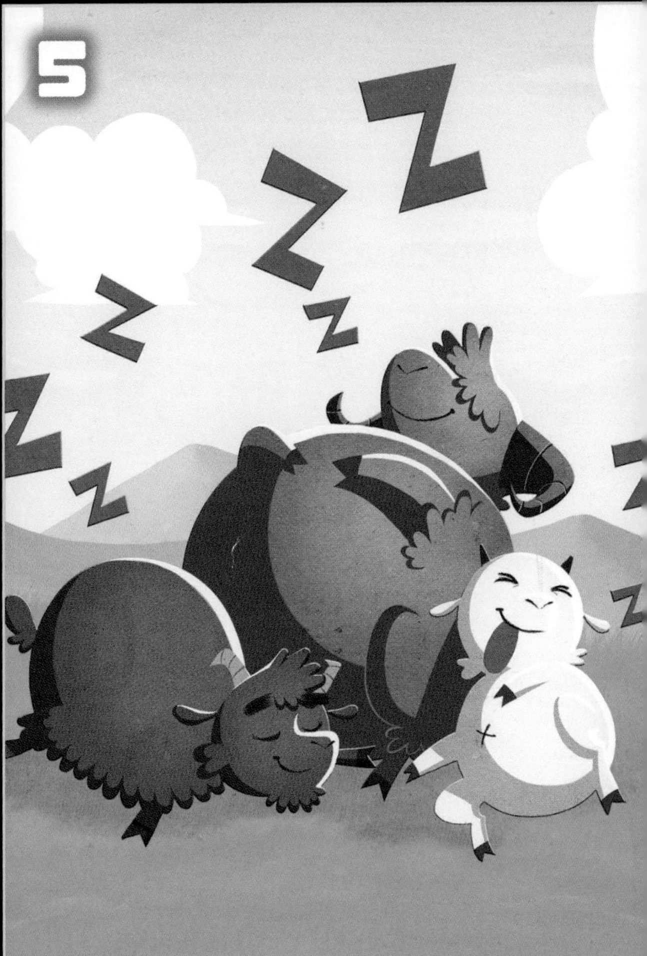

Gruff Grande es decidido. Gruff Pequeño es rápido y curioso. Gruff Mediano es listo. ¿Cuál se parece más a ti? Escribe un párrafo sobre tu personalidad.

AUTOR

Sean Tulien es un editor y escritor de libros para niños
que vive y trabaja en Minnesota. En su tiempo libre,
le gusta leer, jugar videojuegos, comer sushi, hacer
ejercicio al aire libre, pasar tiempo con su adorada
esposa, escuchar música a volumen alto y jugar
con su hámster, Buddy.

ILUSTRADOR

Fernando Cano es un ilustrador que nació en Ciudad
de México, México. Actualmente vive en Monterrey,
México, donde trabaja como ilustrador y colorista.
Ha trabajado para Marvel, DC Comics y juegos de rol
como Pathfinder de Paizo Publishing. En su tiempo libre,
le gusta salir con amigos, cantar, remar ¡y dibujar!

GLOSARIO

cobardes — que no son valientes o no tienen valor

devorar — comer algo con mucha hambre

garrote — palo grueso y fuerte que se usa para pelear

guerrero/a — persona que libra batallas y es conocida por su valentía y sus destrezas. Los guerreros suelen usar armadura, armas y, a veces, escudos.

inmenso/a — muy grande y pesado

mago/a — persona que sabe de magia o tiene poderes mágicos. Los magos pueden hacer hechizos.

ninja — persona que practica un arte marcial llamado ninjutsu. Estos guerreros se entrenan para ser sigilosos y atacar rápidamente, sobre todo por la noche.

pezuña — pata de algunos animales, como los chivos

polimorfo/a — alguien que se ha convertido en una criatura indefensa o con diversas formas a causa de un hechizo

reto — si retas a alguien, pones a prueba su habilidad, destreza o fuerza

súper — muy bueno o genial

venganza — hacer algo para lastimar a alguien porque esa persona hizo a su vez algo para lastimarte a ti o a alguien que aprecias

victorioso/a — que ha ganado una batalla

GENIALES PARA SIEMPRE.

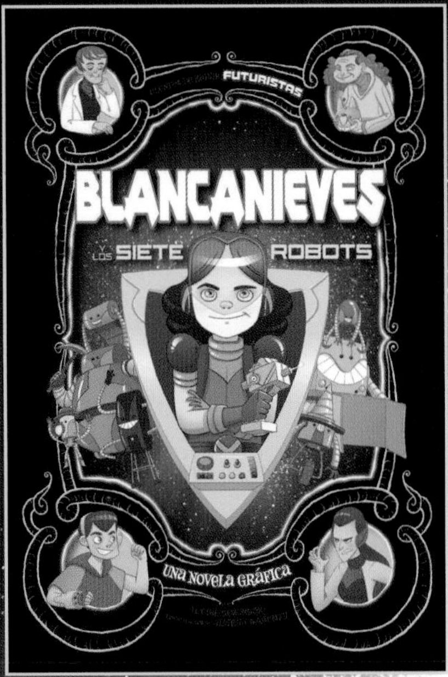
CUENTOS DE HADAS FUTURISTAS
BLANCANIEVES
Y LOS SIETE ROBOTS
UNA NOVELA GRÁFICA

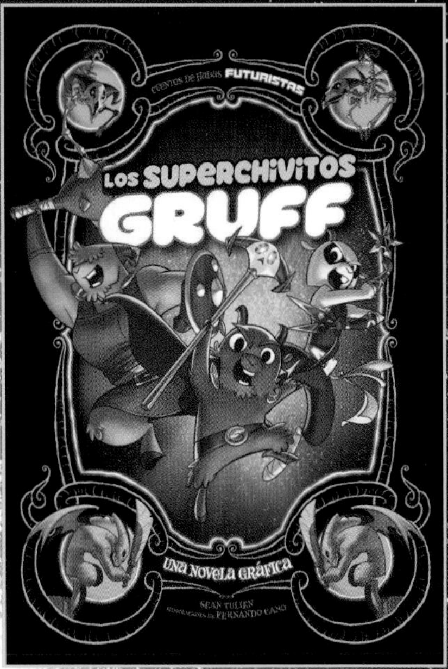
CUENTOS DE HADAS FUTURISTAS
LOS SUPERCHIVITOS
GRUFF
UNA NOVELA GRÁFICA
SEAN TULIEN
FERNANDO CANO

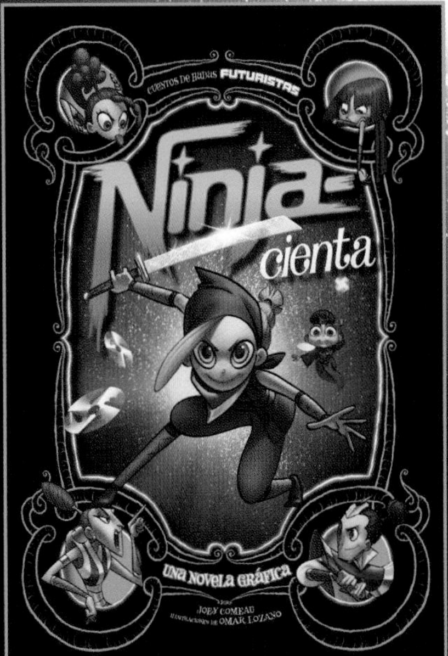
CUENTOS DE HADAS FUTURISTAS
Ninja-
cienta
UNA NOVELA GRÁFICA
JOEY COMEAU
OMAR LOZANO

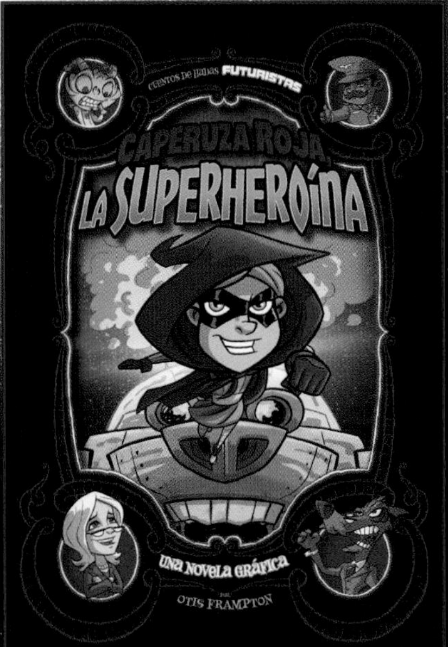
CUENTOS DE HADAS FUTURISTAS
CAPERUZA ROJA,
LA SUPERHEROÍNA
UNA NOVELA GRÁFICA
OTIS FRAMPTON

CUENTOS DE HADAS FUTURISTAS

¡SOLO EN STONE ARCH BOOKS!